「很好！
感覺不錯呢，相當順利。」
聖女魔力
無所不能 4
The power of the saint is all around.
U0075385

「是啊，她做的料理可是極品。」
艾爾柏特・霍克
聖

聖女魔力無所不能
The power of the saint is all around.
4
Author
橘由華
Illustration
珠梨やすゆき
Kadokawa Fantastic Novels

Contents

The power of the saint is all around. vol.4

Character

The power of the saint is all around.

聖

被召喚到異世界擔任聖女的ＯＬ小鳥遊聖。由於在治療傷患與淨化魔物方面大顯身手而開始受到各地人們崇拜，導致她最近相當煩惱。開發料理和美容用品是生活調劑。

萊昂哈特

統率克勞斯納領的傭兵團團長。很欣賞擁有優秀藥師本領的聖。

艾爾柏特・霍克

第三騎士團的團長。據說是個不苟言笑的人，還被坊間稱為「冰霜騎士」，但在聖的面前卻是……？

約翰・瓦爾德克

藥用植物研究所的所長。很照顧聖，與艾爾柏特似乎是從小一起長大的好友。

尤利・德勒韋思

宮庭魔導師團的師團長。一談到魔法和魔力的研究，眼神就會大轉變。目前對聖的魔力充滿興趣。

裘德

藥用植物研究所的研究員，負責指導聖。親和力十足，很懂得照顧人。常常偷吃聖做的料理。

愛良

和聖一樣被召喚到異世界的高中生御園愛良。目前在魔導師團裡學習魔法。

伊莉莎白・艾斯里

聖在圖書室交到的朋友，是侯爵千金。非常敬仰聖。

埃爾哈德・霍克

宮廷魔導師團的副團長，艾爾柏特的兄長。雖然沉默寡言，但是位通曉人情世故的人。總是因為尤利而飽受折騰。

第一集故事大綱

Story line

二十幾歲的ＯＬ小鳥遊聖，在加班結束後回到家的瞬間，突然穿越到了異世界。

儘管她是以「聖女」身分被召喚過去的，但這個國家的王子只帶走和聖一起被召喚過來的可愛女高中生——御園愛良，把聖留在召喚室裡。

後來，雖然幾經波折，但由於不知道回去日本的方法，聖於是決定開始在藥用植物研究所裡工作。

聖早已察覺到自己就是「聖女」，卻仍選擇隱瞞身分，過著平凡人的生活。

然而，聖的能力太過厲害，在做藥水、下廚和製作美容用品等各方面都讓人們大為驚嘆。

她做出來的ＨＰ上級藥水救了第三騎士團團長——艾爾柏特的性命，並以此為開端，引發各式各樣的奇蹟。

於是，「聖．小鳥遊會不會才是聖女……？」的傳聞在王宮傳開了。

第二集故事大綱

Story line

儘管聖答應了宮廷魔導師團的傳喚，但暫時逃過一劫，沒將「聖女」的身分暴露出去。

她開始接受宮廷魔導師團師團長尤利・德勒韋思的斯巴達式指導，日子過得既忙碌又充實。

然後，不知是拜特訓所賜，抑或出於偶然，金色魔力再次引發奇蹟，眾人愈加懷疑她就是聖女。

但第一王子凱爾否定這樣的懷疑，固執地相信和聖一起被召喚過來的愛良才是「聖女」。

直到聖參與魔物討伐之後，周遭的人們才確定她便是「聖女」。

第三騎士團團長艾爾柏特遭逢危機之際，聖使用金色魔力，瞬間淨化湧現魔物的黑色沼澤。

結果，斷定聖是假聖女的第一王子凱爾被處以禁足的處分。

原本來到異世界之後，只有凱爾可以依靠的愛良，也趁此機會與聖還有學園的朋友建立交情，獲得了平穩的生活。

第三集故事大綱

Story line

由於聖發動了帶來奇蹟般效果的金色魔力，終於被認定是真正的聖女。但是，她依然不曉得什麼情況下才能發動「聖女的魔力」。

就在此時，她接到了前往藥草聖地遠征的委託。她不僅成為藥師的弟子，還獲得傭兵團長的賞識，也會下廚做類似藥膳的料理招待其他人。當她一邊享受遠征的生活，一邊努力製作藥水之際，竟發現與前任聖女有關的手札。以這本手札為線索，她終於知道該如何使用「聖女的魔力」，然而發動條件卻是「想著霍克團長」，讓她羞恥到無法告訴其他人……！

不過，在順利學會使用「聖女的魔力」之後，她也即將隨著騎士團及傭兵團一同前去調查森林。

聖女魔力無所不能

The power of the saint is all around.

第一幕 出發

弄清楚「聖女」法術的發動條件之後，我現在能夠隨心自如地施展法術了。

但是，發動條件讓我很頭痛。

沒想到發動條件是腦中要想著團長，實在太超乎我的預期了！

每次施展法術都要這麼做，簡直羞恥到不行！

儘管我說不出口，但在內心大叫一下應該不為過吧……

不過令人慶幸的是，了解發動方法後，藥草實驗便有了眉目。

畢竟一直都沒有進展嘛。

所謂的實驗，指的是培育有特殊栽培條件的藥草。

那個條件被稱為祝福，我從來沒看過這種栽培條件。

其實，祝福似乎就是「聖女」的法術。

以往因為不曉得發動法術的方法，導致實驗陷入停滯，但終於可以往前推進了，讓我的心情開朗起來。

我立刻去蒸餾室找柯琳娜女士，把我想進行祝福實驗一事告訴她，她便幫忙準備實驗用品，然後跟我一起去城堡後面的藥草田。

作好準備後，就開始做實驗了。

雖然鼓足幹勁是件好事，但實驗本身其實非常簡單。

對預先準備好的盆栽施予祝福，再撒下藥草種子。

就這樣而已。

之後只要觀察藥草是否有健康地成長起來就行了。

撒完幾種不同的藥草種子後，當我們正要返回蒸餾室之際，萊昂先生來了。

我以為他只是碰巧經過，但實際並非如此。

他說他是特地來邀請我加入傭兵團的。

我很感謝他的賞識。

但是，我並不會一直待在克勞斯納領，所以不能加入傭兵團。

於是我打算鄭重地拒絕他，結果團長這時候也出現了。

我不由得屏住呼吸，這是很合情合理的反應。

因為站在那裡的團長與平常不同，渾身散發的氛圍很符合冰霜騎士這個外號。

不過，團長的冰冷視線是掃向萊昂先生。

萊昂先生太想讓我加入傭兵團，一時激動就抓住了我的肩膀，因此團長似乎以為我們發生了爭執。

得知事情的來龍去脈，團長散發的氛圍便稍稍和緩了些。

然後，當團長在解釋我不能加入傭兵團的原因時，萊昂先生好像突然發覺一件事。

「不，等一下。妳該不會是『聖女』吧？」

在城堡後面的藥草田，萊昂先生用傻愣的表情這麼說道。

看著他的模樣，我才想起自己還沒有跟他表明身分。

「我沒告訴過你嗎？」

「我根本沒聽說啊！好痛！」

我果然沒告訴他這件事啊……

當我露出僵硬的笑容一問，便得到了預料中的回答。

回想起來，我好像真的只有把名字告訴他而已。

萊昂先生見我笑著蒙混過去，就用搞笑藝人般的氣勢吐槽我。

但馬上就捱了一記柯琳娜女士的物理性吐槽。

「請容我重新自我介紹，我是『聖女』，名叫聖・小鳥遊。」

主動表明是「聖女」的感覺有點怪。

我該不會以後每次都必須自報身分吧？

可以的話，我懇切地謝絕這種事情。

當我暗自在內心皺眉頭之際，萊昂先生聽我報上身分後，神情也有點複雜，說了些「妳太客氣了」這種令人摸不著頭緒的話。

柯琳娜女士則一臉無言地看著萊昂先生。

「她身為『聖女』，是絕不可能加入傭兵團的。你還有其他想問的嗎？」

「啊，沒有……」

「既然如此，差不多可以了吧？我也有事情要找她。」

團長認為這個話題已經告一段落，便朝萊昂先生這麼說道。

儘管比一開始和緩許多，但因為面無表情的緣故，團長的臉色比平常還要嚴厲。

而且語氣還帶了點敵意，應該不是我的錯覺吧？

萊昂先生可能也有相同的感覺，他看起來還想說些什麼，但最後似乎決定抽身走人。

他向我們行一禮，接著便離開了。

「那麼，我也回去了。」

「咦？」

「你們兩個不是有話要說嗎？」

看到柯琳娜女士丟下我一人邁步離去，我錯愕地叫了一聲後，她就回頭這麼說道。

啊，沒錯。

團長剛才說有事找我。

我想起這件事，猛然會意過來，而柯琳娜女士好像也察覺到我忘了。

她一邊說「真是的」，一邊無奈地嘆了口氣。接著再次舉步往前，就這樣朝蒸餾室的方向走回去。

之後，只剩下我和團長兩人。

「妳在工作嗎？」

「啊，沒有，正好做完了。」

在我怔怔地目送柯琳娜女士的背影遠去時，旁邊傳來了一句問話。

我一抬頭，便發現團長正注視著擺在架子上的盆栽。

那張原本面無表情的臉龐倏然一變，露出帶著歉意的神情。

我連忙告訴他工作已經做完了，他看起來才鬆了口氣。

「妳在種什麼？雖然好像也不用問就是了。」

「是藥草。」

「果然不出所料呢。」

「不出所料是什麼意思嘛！」

我嘟嘴抗議，而團長則笑出聲來。

不過，看到我和蒸餾室的主人柯琳娜女士一起工作，應該馬上就會猜到種的是藥草吧。

但願不是因為他把我當作熱愛藥草成痴的狂熱者。

「對了，您剛才說有事找我吧？」

「嗯，沒錯，有點事情想跟妳討論。在這裡站著談也不好，要不要換個地方？」

是什麼事情呢？

既然他建議換地方談，看來不是三言兩語就說得完的事。

那麼，移動到室內慢慢談應該比較好吧。

想到這裡，我就在團長的示意下邁步走了起來。

一路上，不知為何聊起了萊昂先生。

然而，我能說的事情並不多。

畢竟我和他雖然認識，但只有打過招呼而已，最多不過就偶爾閒聊一下吧。

所以，就算團長問我們聊過什麼，我也答不太上來。

當我提到閒聊的內容也幾乎都跟藥水有關時，團長唇邊便泛起笑意。

「我前陣子遇到其他傭兵，他們也紛紛誇獎藥水的效力很強哦。」

「唔……這樣啊。」

接著，在說到我還得到萊昂先生以外的其他傭兵讚賞時，團長就噗哧一聲笑了。

我問他怎麼了，他就笑著將原因告訴我。

原來他想起研究所剛開始批售藥水給騎士團那陣子的事情。

經他這麼一提，騎士們當初的反應確實跟傭兵們一樣。

回想起當時，我也忍不住勾起嘴角。

聊著聊著，團長散發的氛圍便恢復以往了。

幸好沒有延續剛才那種令人精神緊繃的氣氛，就這樣沉默地走在路上。

和散發那種氛圍的人單獨走在一起可是很煎熬的。

「我看他很熱情邀請妳入團的樣子，他之前就會這樣嗎？」

「沒有，他是第一次邀我入團。」

「這是第一次……」

團長用手托著下巴，垂著頭似乎在思索些什麼。

不過，也許是怎麼想也得不出答案，他眉間的皺紋逐漸加深。

「妳知道他為何要這麼做嗎？」

「他邀我入團的原因嗎？」

他似乎是在思索萊昂先生邀請我加入傭兵團的原因。
這個我當然知道。
「前幾天，我用魔法治好了討伐完魔物回來的傭兵團，應該是出於那個緣故吧。」
「用魔法？」
「是的。我一開始打算把蒸餾室的藥水送過去，但他們說太浪費了……」
我說起前幾天的事情後，團長就帶著緊鎖的眉頭盯著我看。
這個眼神，就是所謂的不以為然吧？
呃……果然不該那麼做嗎？看來真的很不應該呢。
我默默地將視線從團長身上移開，結果就聽到他大嘆了一口氣。
各方面來說都很抱歉。
當我在內心不斷道歉時，目的地就到了。
團長帶我來到的地方是騎士團的待命所。
走進待命所的團長辦公室後，他就讓我在迎賓沙發上坐下。
既然他帶我來這裡，就表示他要討論關於討伐魔物的事情吧？
我們在沙發坐下，彼此都呼出一口氣之後，我開口說：
「所以，您的要事是什麼？」

「是有關今後的計畫。」

「是指討伐魔物方面的計畫嗎？」

「對，周邊調查已經告一段落，差不多該正式進行討伐了。」

終於要開始了啊？

從團長口中聽聞討伐一事，我的意識便切換到工作模式。

自然而然挺直背脊。

雖然之前聽過一次騎士們的報告，不過他們在那之後也依然紮實穩健地持續進行調查的樣子。

據說預定範圍內的調查在昨天完成了。

接著，針對這座城鎮周邊魔物的情況，團長將已知消息重新說明給我聽。

魔物的數量跟上次聽到的一樣。

據消息指出，和從前的王都周邊差不多。

當地居民也認為魔物變得比以前更多。

然而，按傭兵們的說法，他們反倒覺得最近變少了。

也有人表示，具體而言是騎士團來到這裡之後才變少的。

我大概猜得到原因是什麼。

「王都也遇過類似的情況吧？」
「是呀。」
看到團長露出苦笑，我也只能回以苦笑。
在魔物的數量上，好像是因為我們來到克勞斯納領，狀況才逐漸好轉。
但問題在於克勞斯納領周邊出現的魔物強度。
克勞斯納領周邊出現了比王都周邊更高階的魔物。
既然是高階魔物，就表示相當棘手。
簡直就像是我在日本玩過的角色扮演遊戲。
在遊戲中，隨著離開起始的城鎮，出現的魔物會逐步強化。
莫非這個世界也一樣，離王都愈遠，出現的魔物就愈強？
不可能吧……
玩笑話暫且不提。
雖說出現的數量相同，但若是有高階魔物在其中的話，討伐起來當然困難許多。
王宮騎士都是萬中選一的菁英，強者不在少數，只是他們這陣子都專注於討伐王都周邊的魔物。
出現在王都周邊與克勞斯納領的魔物種類也不盡相同，想必對戰的要點也有所不同吧。

不用說，團長一定也會小心謹慎地行事；不過我想，損傷人數應該會比王都的討伐戰還要多。

僅憑藥水要來治療增加的傷患也相當有限。

這時候就輪到恢復魔法登場了。

「所以，從下次開始，我也要參與討伐魔物了吧？」

「真的很抱歉，雖然宮廷魔導師團的人員也加入了這次的遠征，但會使用恢復魔法的人並不多。」

「沒關係，我本來就是抱著這個打算才來的。」

沒錯，來這裡的主要目的是討伐魔物，製作藥水是興趣。

我沒說出口，只暗自在心中補上這一句。

「能夠一日來回的範圍都大致調查過了，目前還沒發現上次那種沼澤。儘管出現的魔物很強，但應該不會像西邊森林那樣一次大量來襲。」

「上次那種沼澤？」

「就是西邊森林的黑色沼澤。從魔物增加的傾向來看，我以為這裡可能也會有……」

原來如此，沒發現那種沼澤啊……

坦白說，剛來克勞斯納領的時候，我沒辦法隨心所欲地施展「聖女」的法術，一直很擔心發現黑色沼澤後該怎麼辦。
可是，現在不同了。
儘管還很生硬，但我已經知道如何釋放金色魔力了。
沒發現沼澤讓我有一點遺憾。
畢竟在王都周邊的時候，光是淨化掉黑色沼澤，魔物的數量就瞬間銳減了。
我還在想，只要找到沼澤的話，克勞斯納領的問題應該也能夠得到解決吧。
雖然發動法術的條件非常令人頭痛就是了。
…………
…………
……
「怎麼了？」
「咦？」
「我看妳的臉有點紅，是不是哪裡不舒服……」
「我、我沒事啦！」
我連忙搖頭。
然而團長依舊很擔心，我只好拚命強調自己真的沒事，好不容易才把場子圓回來。

我怎麼可能跟他解釋臉紅的原因啦！

◆

旭日東昇後不久，蒸餾室裡只響起鏗鏗鏘鏘的器具聲。

儘管偶爾會穿插藥師們的對話，大家基本上在工作中都很安靜。

照慣例，我也默默地做著藥水。

從團長那裡知曉情況後，終於從明天開始就要正式出發去討伐魔物了。

縱使我也會同行，也並不代表完全不需要藥水。

基於有備無患的道理，還是要像以往那樣帶上藥水，所以我們才會在這裡作準備。

「雖然早就聽過傳聞，不過妳真的不能用常理來定論耶。」

背後傳來的搭話聲嚇到了我，身體不由得震顫一下。

聽到那帶有傻眼意味的嗓音，我回頭一看，便發現萊昂先生站在那裡，臉上的表情和語氣如出一轍。

他是什麼時候來的？

在我的印象中，萊昂先生每次來蒸餾室總是會弄出很大的聲響，但我今天渾然未覺。

看來是我太過專心於手上的工作，連周圍的聲響都沒聽到。
暫且撇開這一點不談，剛才那一句話讓我很在意。
「傳聞？」
「對啊，說新來的藥師能夠做出大量的藥水。」
他注視著擺在桌上的藥水，那種眼神讓我感到似曾相識。
具體來說，就是跟裘德、所長和柯琳娜女士他們很類似。
看到那種傻掉的眼神，我覺得有點尷尬，忍不住露出苦笑。
「那是哪來的傳聞呀？」
「當然是從蒸餾室傳出來的啊，再來就是我們團裡的傢伙吧。」
「傭兵們也有？」
「我們不是都會來這裡取藥水嗎？當時有人看到妳做藥水的情況。」
看來也被傭兵們看光光了。
雖然我沒有特地遮掩起來不給人看，但還是有一種闖禍的感覺。
我不由得半垂著眼眸，結果萊昂先生似乎誤會了什麼，急忙開口說：
「啊……非常抱歉，我會注意言辭的。」
「咦？」

「奇怪？不是嗎？」
「你是指什麼？」
「我想說妳是不是覺得我的語氣很不敬，不該如此對待『聖女』大人……」
「我沒有這麼想，你照平常那樣說話就可以了，改變語氣反倒讓我傷腦筋。」
他突然改變語氣，我還以為發生了什麼事，原來是因為他想起我的身分是「聖女」。
然後看到我半垂著眼眸，他就誤以為是自己的態度不佳惹我不高興了。
真是大錯特錯。
如果他打從一開始就很客氣還沒關係，途中才拘謹起來實在有一點……
態度變親近就算了，要是換成畢恭畢敬的模樣，總覺得被刻意隔開了距離，會讓我有些難過。
「這樣啊？那我就保持老樣子囉？」
「拜託你了。」
「哎呀，其實我也覺得這樣比較好，因為我實在說不慣敬語嘛。」
說完，萊昂先生咧嘴一笑。
我見狀也跟著笑了。
他答應保持老樣子讓我鬆了口氣的同時，我再次詢問傳聞的事情。

據他所說，第一個目擊者回到傭兵團後，就大聲嚷嚷自己看到新來的藥師做了數量多到不尋常的藥水。

儘管那名傭兵將親眼所見的情景描述給大家聽，起初沒有人相信。

想當然會如此。

因為以一般的藥師而言，一天只做得出十瓶中級藥水，我卻一瓶接一瓶地做，差點淹沒了整張桌面。

然而，因為那名傭兵信誓旦旦地表示是真的，勾起了某些人的好奇心，於是就以取藥水為藉口，接二連三地跑來蒸餾室確認。

難怪每次來取藥水的人都不同。

結果自然不必說，第一個目擊者的證言已獲得證實。

「所以萊昂先生也來一探究竟嗎？」

「呃，可以這麼說吧。」

從對話的走向來看，我以為萊昂先生也一樣是來確認傳聞是否屬實，但他不知為何有點含糊其辭。

莫非還有其他目的？

我偏著頭仰望他，他便搔了搔頭，緩緩地開口說：

「這些藥水是要給騎士團的嗎？」
「對，準備給傭兵團的藥水已經做完了。」
「這樣啊，呃，不對……」
我還當他在擔心傭兵團的藥水被耽擱了，但似乎並不是這麼一回事。
由於他遲遲不肯說出下文，我便一邊重新開始手上的工作，一邊等他開口。
「呃，妳也會參加這次的討伐嗎？」
「會啊，這就是我從王都來這裡的目的嘛。」
「是跟騎士團一起沒錯吧？」
「對。」
萊昂先生一副極為難以啟齒的模樣，問了我關於討伐魔物的事情。
我想不通他問這個幹麼，便抬頭看他，結果就對上一雙擔憂的眼眸。
「怎麼了？」
「就是，我在想，真的不要緊嗎？」
「什麼不要緊？」
「討伐啊。」
「咦？」

「我知道妳已經參加過森林的討伐戰，但還是覺得很擔心。」

「你是在擔心戰力方面的問題嗎？」

「與其說是戰力……」

我偏過頭，不解他在擔心什麼，他便斷斷續續地解釋給我聽。

他是透過王都傳來的風聲，得知我參加過王都西邊葛修森林的魔物討伐戰。

除此之外，團長也告訴過他一些討伐時的情況。

所以，他也知道我曾經像一般宮廷魔導師那樣為騎士們提供支援。

但葛修森林的魔物強度不同於克勞斯納領的森林。

即使我曾經到森林討伐過魔物，他還是非常擔心我能否跟上這次的討伐戰。

因為克勞斯納領的魔物雖然比過去一段時期有所減少，不過數量依然相當多。

而且減少的只有離領都周邊非常近、出現在草原上的魔物，與王都相隔遙遠的森林幾乎未受影響的樣子。

在這個世界普遍而言，森林中的魔物會比草原上的魔物還要難以對付。

更進一步來說，王都周邊與克勞斯納領兩相比較之下，是克勞斯納領的魔物勝出一籌。

綜合以上幾點，萊昂先生大概是認為這次的討伐戰會比葛修森林那次更加艱辛吧。

這份擔憂很合理。

「我沒去過這一帶的森林，沒辦法保證些什麼，但我想不會貿然走進森林深處的，所以應該不要緊。」

「畢竟森林內部的魔物比外緣強啊，如果突然說要進入內部的話，就算是騎士團我也得攔阻下來不可。」

「沒錯，我也會阻止的。」

「這樣一來，如妳所說，看情況慢慢往內部進攻就不用擔心了嗎？」

「對。別看我這樣，我可是滿強的呢。」

「哦？這麼有自信啊？」

我笑咪咪地用類似開玩笑的語氣說道，而萊昂先生也打趣似的回了這麼一句話。

是的，這並不是玩笑話。倘若單純論基礎等級，我搞不好排得上第一。

只不過，我不會講出來就是了。

「儘管我會參加，但主要的工作還是後勤支援，不會站到最前線，騎士們也會保護我的安全。」

「這樣啊？看來我真是白操心了。」

「別這麼說，謝謝你為我擔心。」

我很感謝萊昂先生替我著想這麼多。

他不愧是傭兵團的領袖，應該非常懂得體恤他人吧。
畢竟我明明沒有加入傭兵團，他卻還是會為我感到擔心，甚至特地抽空來看我的情況。
後來，我們聊了一點森林中的形勢，萊昂先生便離開蒸餾室了。

◆

隔天一大早，我和團長一起前往領主的辦公室。
我從今天起也要加入討伐戰，所以臨行前來領主的辦公室接受致意。
領主以繁瑣的貴族措辭向我們致意，不過歸納起來就是請我們路上小心、請平安歸來的意思。
根據團長的行前說明，不會從第一天就過於躁進，我想應該可以放心吧。
「等一下集合完畢就要出發了嗎？」
「沒錯，我簡單致詞過後就會出發。」
「有什麼需要我做的嗎？」
「嗯？妳也願意說幾句提振士氣的話嗎？」
「沒關係，這個就不用了。」

在前往騎士團集合地點的路上，我便和團長談起接下來的計畫。

雖然差點誤觸地雷，但幸好迴避成功了。

在一大群人面前致詞實在太恐怖了。

我很怕成為大家注目的焦點。

不過，這本來就是一句玩笑話吧。

當我斷然拒絕後，團長的雙肩就微微抖動了一下。

從他手握拳頭抵在嘴邊的動作來看，八成是及時忍住才沒噴笑出來。

他最近對我的態度是不是漸漸變得跟所長一樣了？

團長和所長從小一起長大，這種鬧人的方式可能很像吧。

我不由得半垂著眼睛瞪他，而他這次似乎沒能忍住，壓低嗓音笑了起來。

抵達集合場所後，比以往更龐大的人數震撼到我了。

除了騎士團之外，還有傭兵團參加這次的討伐戰，才會促成這樣的大場面吧。

儘管如此，其實只有這次才會這麼多人。

據說，由於「聖女」第一次參戰，於是包含首次亮相的意義在內，傭兵團這次也特別與我們同行。

前往備好的馬車時，雖然經過了傭兵們身邊，但他們並未把目光聚焦在「聖女」身上。大概是因為我和宮廷魔導師們一樣穿著長袍，並用兜帽蓋著頭的緣故吧。宮廷魔導師們正好行經附近，我混入其中就更不易被發覺了。

「來。」

上馬車前，我不禁呆看著團長伸過來的手。

將視線從手移到他的臉上後，就看到一張燦爛得近乎眩目的笑容。

呃……對了，這是護送吧。

「謝謝。」

我的內心莫名地緊張，露出微笑向他道謝，然後緩緩地將指尖放在他的手掌上。

嗚……我果然還是習慣不了這種事情。

我在王都經常和他共乘一匹馬，而且交情也好到可以互開玩笑了。

我以為自己早習慣與團長接觸；縱然這只是護送而已，不過牽手之類的時候還是會感到緊張。

也許是看穿了我的內心，即將鑽進馬車之際、我正打算放開手時，團長握緊我的指尖。

雖然是一瞬間的事情，但造成的殺傷力已足夠讓我的臉頰熱燙起來。

在馬車的座椅上坐下之後，我回頭沒好氣地瞪他一眼，結果他就露出得逞的笑容。

看來是故意的。

馬車的門就這樣關上，接著團長往騎士團成員列隊的方向走去。

不久，團長致詞結束後，我們就要出發了。

保持平常心，保持平常心。

儘管臉頰還有一點燙，但待會自然就會冷卻下來。

現在把注意力集中在討伐上吧。

我一邊從馬車內眺望流逝而過的景色，一邊思考著這種事情。

「聖，再一下子就到了。」

「好、好的，謝謝。」

快要抵達時，團長就騎著馬到馬車這邊，告訴我目的地不遠了。

目的地比想像中還要近，一小時左右就能抵達。

我坐著伸懶腰，然後打開放在旁邊的包包。

確認過包包裡放著為防萬一所準備的刀子和藥水之後，似乎正好抵達目的地。

如同上馬車的時候，我握住團長的手跳下馬車。

「唔嗯———」

「哈哈，累了嗎？」

「沒有啦，只是坐太久了，身體很僵硬。」

來到外頭，解脫感一湧而上，我忍不住用力地伸了個懶腰。

在馬車裡伸一次懶腰才不夠舒緩筋骨呢。

結果被團長笑了，害我有點難為情。

「終、終於到了呢！這是我第一次來克勞斯納領的森林，還滿期待的。」

「妳很好奇裡面生長著什麼樣的藥草嗎？」

「沒錯！呃，不是啦……」

「還是老樣子呢。雖然討伐魔物中不太方便，但途中休息時可以在周邊稍微看一下，我也會陪妳一起去的。」

「不不不，怎麼敢勞煩霍克大人……」

我似乎不該強行轉移話題的，一個不慎就說出真心話了。

團長精準地猜中我的心思，即使我連忙想掩飾過去也沒用。

坐馬車時，我到底是為了什麼而試圖將注意力集中在討伐上呢？

就算對方是團長，我的心情也太鬆懈了。

明明接下來就要進入森林了，照這種狀態真的沒問題嗎？

連我都有一點擔心自己。

當我在內心抱頭苦惱之際，團長察覺到有人接近，渾身的氛圍倏然一變。
我的視線移往團長面對的方向，便見萊昂先生朝我們走過來。
「萊昂先生？」
「嗨！」
我聽說過一部分的傭兵團今天會與我們同行，不過身為團長的萊昂先生似乎也來了。
看到萊昂先生隨性地舉起單手打招呼，團長就直勾勾地盯著他。
呃，是那個嗎？
覺得萊昂先生在「聖女」面前的言行太不莊重？
雖然禮節很重要，但我個人覺得別表現出畢恭畢敬的姿態比較好，所以不希望其他人在這件事上吹毛求疵。
關於這一點，我可能要主動向團長說明才對。
當我的視線在兩人之間游移不定時，萊昂先生就對團長微微低下頭。
「今天就萬事拜託了。」
「嗯，我們也要仰賴你們的協助。儘管已經作過調查，但畢竟還是你們更了解森林。」
「過獎了，也望『聖女』大人多加關照。」
「咦？」

突然聽到「聖女」這聲稱呼，我睜大了眼睛，而萊昂先生則瞥了團長一眼。

啊，難道是……

「這是我該說的。若你不介意的話，像以往那樣跟我說話就可以了，太過拘禮會讓我感到不自在。」

「…………既然她都這麼說了，照做無妨。」

「非常感謝，那就恭敬不如從命了。」

萊昂先生看似是個粗枝大葉的人，但沒想到觀察入微的。

好助攻！

我在內心對他比讚後，萊昂先生說了聲「那待會見啦」，便颯爽地折返回去了。

情緒切換的速度有夠快。

我忍不住笑著抬頭看團長，而他也看向我，眼角微微彎起。

「稍作歇息再出發吧。」

「好的。我看那裡好像在煮水，要不要我去幫忙泡杯茶？」

「沒關係，侍從似乎把我們的份都準備好了，就一起喝吧。」

「好。」

雖說很近，但畢竟還是移動了一段距離，所以他們好像決定休息後再進去森林。

如同團長所說，侍從已經備好茶了。
不止泡茶，連折凳都擺出來了。
我坐在折凳上，邊與團長交談邊喝了一杯茶，沒過多久，四周的人似乎都作好準備。
將手上的杯子遞給侍從後，他們也動作俐落地收拾打點起我們周遭的東西。
於是，隨著我們動身，四周的人們也接連走進森林。
克勞斯納領的森林植被乍看之下，與王都沒有什麼不同。
然而仔細一瞧，就會發現到處都長滿王都周邊所沒有的藥草。
「妳在看什麼？」
「有些藥草我從來沒見過。」
「藥草？妳應該不是藥師吧？」
「我是藥用植物研究所的研究員。」
「妳不是『聖女』哦？」
「這個嘛，可以的話，我比較想當成副業。」
我將個人希望說出口後，走在旁邊的萊昂先生就噗哧一笑。
這次也和西邊森林那時候一樣，騎士們分成若干組。
其中兩組有分派傭兵，我所待的小組也有分派到傭兵。

萊昂先生以外的傭兵都走在最前頭，只有他跟我走在一起。
順帶一提，我的左邊是團長。
「喂喂，講這種話沒問題嗎？」
「沒問題啦。」
萊昂先生用眼神指了指團長，小聲地這麼問道，但我覺得應該不會有事吧。
一不留神，我就把下文吞了回去。
「沒問題，不會有事的。」
接著，團長說出了我吞回去的話語。
我好不容易才忍住沒噴笑出來，實在值得誇獎。
「真奇怪啊。」
「哪裡奇怪？」
「魔物比預期中的少很多。」
「哦……」
走了一陣子後，萊昂先生喃喃說道。
我歪起頭問他，結果他的回答跟當時在王都周邊森林的騎士們相同。
雖然我本身沒什麼實際感受，不過聽說在舉行過「聖女召喚儀式」之後，王都周邊的魔物就減少了，克勞斯納領可能也是如此吧。

實際上，團長聽到萊昂先生的低語，便露出了不出所料的表情。

「果然減少了嗎？」

「對。儘管我聽騎士團說魔物數量有所下降，但真的變得很少。」

「王都那邊也是類似的情況。」

「這樣啊？」

面對團長時，萊昂先生依然保持應對貴族該有的言行舉止。

他要表現出自己只是因為「聖女」主動要求，所以才會用較為輕鬆自然的態度來對待「聖女」。

不這麼做的話，愛搬弄是非的人可能會因此對他指指點點。

話說回來，一開始去王都南方的薩烏爾森林時，也曾遇到這種情況。

那時候，即使走進森林，魔物仍舊不見蹤影。

這座森林的魔物果然如同傳聞更為強悍，我們確實遇到過幾次魔物，並非完全遇不到。

然而，頻率似乎還是比萊昂先生和團長預期的少非常多。

箇中原由我當然很清楚。

因此，希望他們兩人不要同時盯著我看。

第二幕　難題

我們一路順利地走到中午休息的地點。
儘管途中遇到幾次魔物，但三兩下就被萊昂先生和團長收拾掉了。
我只有在戰鬥結束後施展一下「治癒」而已，實在相當悠閒。
不過，如同南邊森林那時候，聽說其他組遇到魔物的次數比較多。
順便補充，魔物強度感覺上比王都西邊的葛修森林略勝一籌。
我們在森林中一塊較為開闊的地方休息。
傭兵們來森林討伐魔物時，也同樣把這裡當作休息地點。
按照出發前的預定計畫，分散在森林中的其他組都會在這裡會合。
雖然所長禁止我在公開場合下廚，但這裡大多數都是第三騎士團的成員，稍微幫個小忙應該沒關係吧？
我這次也用魔法提供支援，要是被問起什麼的話，就推說是魔法造成的好了。
那就這麼辦吧。

於是，我決定去幫忙準備午餐。
「妳在做什麼？」
「這還用問，就下廚呀。」
我在煮要分給大家的熱湯時，萊昂先生走了過來。
不知為何，總覺得這一幕似曾相識。
「還下廚……妳是『聖女』沒錯吧？」
「沒錯。」
我是「聖女」啊，怎麼了？
當我不解他到底想要表達什麼之際，他就用複雜的神色看了我一會兒，然後緩緩地開口說道：
「所謂的『聖女』，不是應該更加受到崇敬，讓人服侍得妥妥貼貼的嗎？」
「是嗎？我從以前就是這樣耶。」
「以前就這樣也太奇怪了吧？」
「很奇怪嗎？」
萊昂先生說的沒錯。仔細想想「聖女」在這個國家的地位，備受敬仰與呵護是再理所當然不過的事。

我內心很清楚，但輕描淡寫地裝傻蒙混過去了。
畢竟大家都像第三騎士團那樣跟我打交道的話，我會比較輕鬆嘛。
萊昂先生明明也知道這一點。
而且下廚是轉換心情的好方法。
我是以「聖女」的身分來到克勞斯納領，所以這陣子都很自制。
來到別人的城堡，要是常常說要借用廚房也很奇怪。
不過，如果是在討伐途中準備伙食，我就不用顧忌太多。
再說，四周全都是認識的人嘛。
我絕對不能錯失這個難得的大好機會。
「味道真香。」
「啊，霍克大人。」
當我一邊攪拌著鍋內的熱湯，一邊跟萊昂先生交談時，團長也來了。
看來是被香味吸引過來的。
這種情景的既視感更強了。
團長走到與萊昂先生相反的位置站定，探頭看向鍋內。
「這是妳之前煮過的那種湯嗎？」

「對，我詢問騎士們之後，很多人都想喝這個。」
「那些傢伙……」
我告訴團長這是騎士們的要求後，他就扶額垂下頭，一副頭疼的模樣。
雖說是要求，但這道肉乾蔬菜湯其實是討伐時的固定菜色。
這是騎士團的侍從說的。
「喂喂，妳是要把藥草加進去嗎？」
「對，加藥草能夠增添風味，會變得更好吃哦。」
「是啊，她做的料理可是極品。」
我在交談中把奧勒岡葉和百里香等藥草加進湯裡，萊昂先生果然就吐槽了。
這道湯會提高ＨＰ的自然恢復量，但我不會去談效果的事情。
團長可能心中也有底，因此只有提到味道而已。
不過，極品這個形容不會誇得太過頭了嗎？
話說回來，湯已經煮好了，接下來就是主餐了吧。
我回頭，就看到騎士團負責下廚的人們正在烹調某種肉類。
似乎是撒上適量的鹽，再用事先準備好的香草奶油來烤。
但我疑惑的是，那到底是什麼肉呢？

咦？傭兵們狩獵了半路殺出來的野豬嗎？

順路打獵其實是家常便飯？

傭兵們的作風一如預期地豪邁大氣。

順利準備好午餐後，侍從們就把做好的餐點分配給大家。

聽到此起彼落的讚美聲，我才鬆了口氣。

萊昂先生一邊連呼好吃，一邊狼吞虎嚥地大吃起來，而團長也露出燦笑，稱讚我做得很好吃。

太好了。

等到用餐完畢，就要再次出發去討伐魔物。

「『範圍防護』。」

魔法陣在地面延展開來，周遭一帶籠罩著淡淡的白霧，還有金色粒子在飛舞。

在各組人員出發前，我對大家施展了輔助魔法。

剛才施展的「範圍防護」是提高防禦力的範圍魔法，用來抵禦物理攻擊與魔法攻擊。

騎士們都司空見慣了，但傭兵們頭一次看到這種魔法，紛紛喧鬧起來。

萊昂先生也不例外。

「哇，這招很厲害耶，防禦力竟然提高了。」

「你們是第一次被施展輔助魔法嗎？」
「是啊，因為魔導師不多嘛，而且根本沒有人會使用範圍魔法。」
「哦，說的也是呢。」
「對吧？」
經他這麼一說，確實有道理。
畢竟比起個別施展魔法，指定範圍施展魔法的難度更高。
「再說，哪裡都找不到能夠一次對這麼多人施展魔法的魔導師啊。」
「咦？是這樣嗎？」
「嗯，雖然魔法技能升級就會提昇魔法的效果範圍與效果持續時間，但要做到這種程度實在太難了。」
站在旁邊的團長一臉欽佩地如此補充道。
師團長好像也說過類似的事情。
雖然我早就忘得一乾二淨就是了。
要是師團長人在這裡的話，他就會笑咪咪地教訓我一頓吧。
而且後續發展會很可怕。
想起過去的情況，我不禁背脊一涼。

好險，幸好他不在。

施展完輔助魔法後，由於一切已準備就緒，眾人再次分組進入森林中。

隨著深入森林，遭遇魔物的次數也增加了。

儘管比西邊森林的魔物強悍，但騎士他們應對起來還算游刃有餘。

大家合作無間，接二連三地斬殺魔物。

而我的話，一如往常負責施展「治癒」魔法。

我絕對不是因為發動條件的緣故才不使用「聖女」的法術。

只是跟團長討論過後，決定暫時保留實力而已。

沒錯，我並不是覺得很羞恥哦！

「咦？」

「怎麼了？」

「沒什麼，就是看到了以前沒見過的魔物。」

「畢竟王都周邊沒有牠們的蹤影。那是具有毒性的魔物。」

走在前頭的傭兵示意大家停下，我便止住腳步。

我從騎士他們之間探頭看前方發生什麼事，結果就發現了陌生的魔物。

不知是否因為這裡是藥草的產地，出現的魔物都長得很像食蟲植物。

巨大的圓葉毛氈苔不斷扭動的模樣，實在有點噁心。
令人慶幸的是，牠和以往見到的魔物不同，似乎無法移動。
要是這傢伙能夠到處跑的話，噁心度一定倍增。
團長說這種魔物具有毒性，搞不好會有人陷入異常狀態也說不定？
當我想著這種事情時，戰鬥就開始了。
我看著騎士他們作戰的情形，就發現圓葉毛氈苔的莖大大向後一彎，再猛力往前倒去。
配合這個動作，附著在葉子前端的圓珠狀水滴就朝騎士他們飛了過去。
大部分的人都躲開了，但有些人沒能躲掉，身上傳出燒灼皮肉的滋滋聲。
看來水滴是毒液。
只有我一人被燒灼皮肉的聲音嚇到，其他人神態自若地繼續戰鬥。
受傷的人也冷靜地喊了聲「有毒」，隨行的魔導師聽到便詠唱起解除異常狀態的魔法。
魔法真的很厲害。
異常狀態瞬間就解除了。
戰鬥本身三兩下便結束，我施展「治癒」進行回復後，一行人再次出發。
從剛才的戰鬥地點開始，周圍分布的魔物種類就產生變化，圓葉毛氈苔魔物出現的次數愈來愈頻繁。

圓葉毛氈苔好像不是每次都會噴毒液。

每進入戰鬥，我就會作好準備以便隨時都能幫人解除異常狀態，但並沒有發生一定要用到魔法的場面。

然而，鬆懈的時候往往是最危險的，這句話說得沒錯。

不知第幾次遇敵時，圓葉毛氈苔高高揮動莖葉。

我立刻將魔力釋放到四周，準備施展解除異常狀態的魔法。

「『範圍潔淨』。」

我不曉得中異常狀態的人數，而且也覺得很麻煩，就嘗試使用範圍魔法。

看樣子時機剛剛好，幾乎在陷入異常狀態的同時就成功解除了。

由於太過順利，騎士他們都有點驚訝。

嗯，以前玩遊戲的經驗在這時候發揮了呢。

在出社會前，我玩過多人連線的網路遊戲。

就像現在一樣，遊戲裡也要跟人組隊討伐魔物，當時其他人教過我戰鬥技巧。

其一，是仔細觀察魔物的動作；其二，是預先準備好要花一點時間才能發動的魔法。

遊戲中，當魔物使用具有異常狀態的技能之際，一定會有固定的準備動作。

只要看好魔物的動作，就會知道下一次是什麼樣的攻擊，又會帶來什麼樣的異常狀態。

不過，有些解除異常狀態的魔法需要花一點時間才會發動。
若要在受到攻擊後馬上施展那種魔法來解除異常狀態的話，那就必須配合魔物的動作，預先開始施展魔法才行。
有些跟我一起玩遊戲的人希望能及時解除異常狀態，所以我不知不覺間就養成看魔物動作來施展魔法的習慣了。
一方面也是因為我的隊伍有點斯巴達傾向，只要解除速度太慢就會有怨言。
出於這個習慣，我這次也下意識地配合魔物的動作來準備施展「範圍潔淨」。
施展範圍型魔法要先向周遭釋放魔力，因此要經過一點時間才會發動。
「噢噢！妳好厲害啊！」
「果然很優秀呢，這也是德勒韋思大人教的嗎？」
「呃……對，謝謝誇獎。」
對於從魔物的動作來判斷施展時機並立即解除異常狀態一事，萊昂先生也發出了讚嘆。
團長也誇獎我，但這並不是師團長教的。
不過，就算說是在遊戲裡受過訓練，團長大概也聽不懂，因此我便決定當作是師團長教我的。
我猜他只是還沒教到這裡而已，總有一天還是會教的。

師團長看起來就很重視效率。
於是，走到預定地點後，今天的討伐工作便平安結束了。

◆

自從討伐魔物變成每天的例行公事，悠閒的生活就忙亂了起來。
畢竟相對於時間，要做的事情實在太多了。
儘管如此，我還是覺得比在日本工作的時候好一點，這代表前公司的血汗程度真的非同一般吧？
我不想認為原因在於我是個工作狂。
討伐工作定於清早出發，所以我都是回到城堡並吃完晚餐後，才開始準備騎士團要使用的藥水。
日落之後在昏暗的室內，藉著燭光攪拌藥水鍋子之際，我覺得自己儼然是個魔女。
有一次被柯琳娜女士撞見我在做藥水，她感到非常傻眼，問我怎麼工作到這麼晚。
製作完藥水，接下來就只有洗澡睡覺了。
接著，隔天一大早起床，作好討伐魔物的準備後，我會在出發前先去一趟藥草田。

沒錯，就是去看被施予「聖女」法術的那些盆栽。

「啊！」

那天看到的盆栽情況與以往不太一樣。

原本平坦的表土層微微隆了起來。

「情況如何？」

「您快來看！好像發芽了哦！」

「什麼？」

聽到搭話聲，我回頭一看，便發現柯琳娜女士站在那裡。

她似乎也很在意盆栽的情況，每天都會來巡視。

盆栽發芽令我非常開心，一轉頭就告訴她這個好消息，接著她也狀似興奮地過來探頭看盆栽。

「發芽了呢……」

「發芽了耶！」

我們看著彼此，確認似的說出這句話，接著便心照不宣地同時露出笑容。

然後，彷彿壓抑不住爆發的情感，我們一起發出了歡呼聲。

雖然我想繼續看一陣子藥草，但遺憾的是，該出發去討伐魔物了。

縱使已經發芽，但之後能不能順利地成長茁壯還不好說。

我和柯琳娜女士討論之下，決定在藥草成長起來之前都先觀察情況，後續事情等我討伐完魔物回來再細說。之後，我便與她道別了。

柯琳娜女士走回蒸餾室的背影感覺隨時都會蹦跳起來，但應該是我的錯覺吧。

「妳看起來心情很好，遇到什麼好事了嗎？」

中午休息時，團長這麼對我說道。

看來我沒資格說柯琳娜女士。

因為連我自己似乎都散發出隨時都會哼起歌來的氛圍。

「前陣子種的藥草發芽了。」

「藥草？」

「對，而且是不好培育的種類，所以能夠順利發芽真的讓我很開心。」

「原來如此啊。」

我告訴他原因後，他便露出心領神會的笑容。

儘管我應該把詳細情況告訴他，但其中也包含領主和柯琳娜女士才知道的資訊，於是我當下只告訴他一些說出來也不礙事的內容。

「研究所也有培育那種藥草嗎？」

「這個嘛，我想應該沒有。」

「那麼，研究所會增加新的藥草嗎？」

研究所培育著五花八門的藥草，但沒有這次發芽的藥草。

畢竟栽培那種藥草需要用到祝福。

不過，由於我不能向團長說明栽培條件，答得很模稜兩可，結果團長就點出了我從沒想過的事情。

在研究所培育嗎……

的確，對研究所的藥草田施予祝福的話，或許就能滿足栽培條件了。

雖然目前還在實驗中，但先跟柯琳娜女士確認一下培育成功後能否在研究所栽種好了。

「說的也是呢，只是還不曉得能不能順利培育起來……」

「讓約翰幫忙就好了。」

「所長嗎？」

「他可是很擅長栽培植物的。」

「也對……」

經他這麼一說，我才想起所長會使用土屬性魔法。

有幾種土屬性魔法很適合用來培育藥草，所長一直都是運用那些魔法在研究所栽培據說不好培育的藥草。

就算今天早上發芽的藥草沒能順利成長起來，但只要得到所長的協助，或許就能成功也說不定。

不管結果如何，姑且跟柯琳娜女士商量一下，讓她答應讓我在研究所繼續做實驗吧。

當我在內心決定好今後方針，休息時間便結束了。

咦？已經結束了？儘管我這麼想，但也沒辦法。

討伐戰從領都附近開始，一路逐漸往遠方移動。

離領都愈遠，出沒的魔物就愈強，也因此更難找到時間休息。

出於這個緣故，大家迫不得已只能採取短而頻繁的休息方式。

現在或許還能在當地準備午餐，但之後可能就很難了。

若沒辦法在當地準備，是不是就要帶便當了？

我一邊漫不經心地思考著，一邊收拾善後，準備展開下午的討伐工作。

「冒出來了。」

這個指的不是藥草的芽。

而是魔物。

看到走在前頭的騎士打信號，團長就在旁邊喃喃說道。

騎士他們原本都邊警戒周遭邊前進，但遇到魔物的瞬間，散發的氛圍就變得更緊繃了。
我也凝視著魔物，以便能及時提供支援。
出現的是植物型魔物，長得跟豬籠草很像。
牠一看就很有魔物的架勢，身上長著真正的豬籠草所沒有的觸手，正不斷地彎曲扭動。
被觸手抓到搞不好會出大事，不過騎士他們矯捷地閃避並發動攻勢。
接著，大家利用巧妙的聯合攻擊，輕鬆打倒魔物。
這次沒有人受傷，我安心地撫了撫胸。
看來平日的訓練成果都充分發揮出來了。
「辛苦了。很游刃有餘呢。」
「目前還可以。不過魔物會愈來愈難對付，不能掉以輕心。」
團長用認真的表情這麼說道，我便向他點了點頭。
雖然目前是騎士他們占上風，但不曉得天秤何時會傾向魔物那一邊。
都說輕忽大意是最大的敵人，還是小心一點為上。
實際上，戰鬥的時間也慢慢拉長了。
「我也感覺魔物出現的頻率變高了。」
「是啊，或許再往深處走就會看到了吧。」

團長瞇起單眼看往前進的方向，而我也點頭。

他沒明確說出深處有「什麼」，但我們的猜測應該是一樣的。

隨著往深處前進，魔物變得更強與出現頻率更高，這種情況在西邊森林遇過一次。

感覺就有那種黑色沼澤。

也許是早有預測，又或者是因為已經知道對付方法，因此我並不像西邊森林那時候一樣緊張。

其他人也是如此。

由於魔物增加，大家都繃緊神經避免受傷，但沒有不安的氛圍。

就算有沼澤，只要發動「聖女」的法術就能解決了。

雖然腦中一瞬間閃過「萬一失敗該怎麼辦？」的念頭，但我決定收進內心深處。

至於另一個問題，則是黑色沼澤周邊的魔物。

因為魔物是從沼澤冒出來的，想見周邊的魔物數量會非常多。

西邊森林那時候就很多。

那樣的稠密度，感覺和地下城中魔物特別多的屋子，也就是所謂的怪獸屋不相上下。

由於這裡是森林，比起怪獸屋那種封閉空間或許好一點，但對付成群結夥的魔物是非常危險的事情。

就連看似戰鬥狂的師團長，要應對接二連三襲擊過來的魔物也相當吃力。
不過以他的情況來說，其中一個理由可能是受限於森林的地緣因素，不能施展波及範圍廣闊的大型魔法，才會顯得難以發揮。
畢竟，我當時好像聽到他發著「啊～真是的！真想全燒掉算了！」之類的牢騷。
後來沒多久，我們便發現事態比想像中更為惡劣。

◆

隨著深入森林，魔物出現的種類也發生變化。
長得像食蟲植物的魔物減少，開始出現類似蕈菇的魔物。
雖說是蕈菇，但大部分色調看起來都有毒，絕對不能食用。
從外觀來看，不出所料，蕈菇魔物也會使出具有異常狀態的攻擊。
被吐出的孢子擊中的騎士等人，有的中毒，有的陷入麻痺。
雖然還沒看到，但聽說有些孢子碰到皮膚會造成燒傷。
我們每次陷入異常狀態就立即施法解除，並小心謹慎地前進。
不知道走了多深。

帶頭的騎士呼喚著走在我身旁的團長。
團長瞬間往我看過來，我則點點頭表示不用擔心，他便快步走到前方。
「發生什麼事了？」
「從這裡看不出來，但感覺上不是需要緊急處理的問題。」
我詢問旁邊的宮廷魔導師，不過對方同樣不曉得發生何事。
在原地等待也無不可，但我實在好奇，要不要去前面問問看呢？
我看向團長，發現他只是表情凝重地跟幾名騎士討論事情，並沒有特別慌張的模樣，所以去前面應該沒關係吧。
「請問怎麼了嗎？」
我去前面喊了團長一聲，他就維持凝重的神色看向我。
他身邊的騎士也是同樣的表情。
看來確實是出了什麼問題。
「發現了有點棘手的魔物痕跡。」
「棘手的魔物嗎？」
「對。」
得知是痕跡，我看往騎士的視線所向之處，只見地上有棵倒樹。

為了獲取林中資源，這座森林已經受過人為開發，即便有倒樹也不稀奇。

我偏過頭，不解哪裡有問題，於是騎士便指向倒樹的一部分。

嗯嗯？

我凝眸一看，發現那個部分有點油油亮亮的。

那是什麼？

蛞蝓爬過的痕跡？

「請問這是什麼？」

「這是史萊姆的捕食痕跡。」

「史萊姆！」

浮現在我腦中的，是某個知名角色扮演遊戲裡登場的藍色水滴型魔物。

到目前為止，從動物型魔物開始，一路遇過食蟲植物及蕈菇，愈往深處走，植物型魔物就愈多，我還以為下一個大概是黏菌，結果竟然是史萊姆。

黏菌和史萊姆很像，所以我的猜測也不算錯吧？

雖然我悠哉地想著這種事，但根據團長他們的說法，這個世界的史萊姆不同於那個遊戲裡出現的可愛低等魔物。

聽說對付起來很麻煩，似乎是盡可能不想遇上的魔物之一。

物理攻擊幾乎無效，是史萊姆身上很常見的情況。
「用魔法就有效嗎？」
「沒錯，我們通常會用魔法來對付大多數的史萊姆。」
既然物理攻擊無效，用魔法打倒不就好了？以前朋友所說的話在我腦中復甦。
我不禁差點噗哧一笑，好不容易忍住後，我一邊思考了起來。
現在同行的人以騎士占多數。
儘管宮廷魔導師也有參與討伐工作，但由於我和團長都會使用魔法，因此我們這組只分配到一名。
宮廷魔導師的人數本來就很少，每一組所分配到的宮廷魔導師約一至三人而已。
有些騎士也會使用魔法，不過從騎士團整體來看，這樣的人算是極少數。
而且想當然耳，騎士們的魔法實力遠遠不及宮廷魔導師。
如果只出現一、兩隻史萊姆的話，我們這組的陣容對付起來應該不是難事。
然而，要是魔物像西邊森林那次一樣前仆後繼地襲來呢？
我覺得戰況會很嚴峻。
或許可以用「聖女」的法術一口氣殲滅乾淨，但內心還是存有一絲不安。
畢竟我施展法術還不夠熟練，沒把握在緊急情況之下能夠精準地發動。

按目前的狀態來看，要當作一招魔法攻擊未免稍嫌輕率。
「用魔法攻擊才能打倒的話，我們這組的陣容有點不利吧？」
「對啊，少數幾隻暫且不談，若是幾十隻一起出現絕對沒辦法應對。」
「還是今天就走到這裡，先折返回去？」
「……不，再往前走一點吧，我想看看內部的情況。」
我能想到的事情，團長也想到了。
但在考量過風險後，他似乎決定以探索內部情況為優先。
當然，前提是一旦遇到難以對付的史萊姆就要立即撤退。
於是在我們前進的路上，遇到了幾次史萊姆。
我已經事先打聽過史萊姆的外觀，果然沒有遊戲中的那麼可愛。
牠不是水滴型，而是更柔軟的感覺，彷彿水窪一般平攤在地上的凝膠狀物體。
不用說，牠們身上並沒有眼睛或嘴巴。
幸好一次遇到的數量不多，靠團長和宮廷魔導師的魔法就能解決掉。
儘管我沒有參與攻擊，但也有上場的機會。
史萊姆和蕈菇魔物一樣會使出具有異常狀態的攻擊，所以我到處不停地解除異常狀態。
不知第幾次與史萊姆的戰鬥結束後，我偶然環視周遭，便發現森林的景色改變了。

生長在腳邊的雜草變少，可以看見四處都有裸露出來的地面。
雜草原本就這麼少嗎？難道是我的錯覺？
雖然我這麼想，但這並不是錯覺。
一旦察覺到異狀，我便在意了起來，開始仔細地觀察森林的情況。
下一個便注意到枯樹增加了。
樹木有可能因為外在因素而乾枯，但這數量不會太多了嗎？
我原本的世界曾因降下酸雨導致樹木枯亡，這裡也會下酸雨嗎？
不不不……
若是如此，枯樹的分布太過零散了。
「怎麼了？」
「我總覺得森林的模樣不太對勁。」
「果然……我也覺得氣氛好像不太一樣了。」
「不僅雜草變少，枯樹也增加了。」
團長稍作思忖後，指示騎士們去調查附近的枯樹。
開始進行調查的騎士們立刻發出了「嗚哇！」和「啊……」等聲音。
「發現什麼了？」

「請看這個。枯掉的樹大概是史萊姆的傑作。」

我和團長一起看往騎士所指的方向，便發現樹幹離地面較近的部分有不自然的窟窿。

雖然沒有穿透到另一側，不過窟窿相當深。

而且窟窿是呈直向延展。

縱使樹木還保有外殼，但內部可能幾乎都是空洞。

窟窿的開口處同樣有剛才倒樹上面的油亮痕跡，表示這是史萊姆吃掉的嗎？

難道說，周圍其他枯樹全都是史萊姆大肆吞食的結果？

「這邊的樹木也有一樣的痕跡。」

「這裡的也有。」

到處檢查其他枯樹的騎士們接連揚聲回報。

路途中的枯樹恐怕也是出於同一個原因而枯亡的吧，只是之前沒注意到而已。

「團長，怎麼辦？還要繼續前進嗎？」

對於騎士的問題，團長用手托著下巴，思索了起來。

愈是深入森林，史萊姆與枯樹就愈多，我心中只有不妙的預感，但同時也想確認內部的情況究竟有多嚴重。

雖然不曉得團長是否察覺到我內心的想法，不過他在思索期間突然將視線瞥了過來。

我看不出這個眼神有什麼意圖，但還是抱著想一探深處的心情以點頭回應。

團長似乎成功接收到我的想法，他告訴騎士們繼續往深處走，於是我們一行人再次邁開步伐。

預感成真，每當往深處前進，枯樹就變得更多，景色也逐漸失去了情調。

途中還會有史萊姆從枝葉未凋的樹上掉下來，著實嚇了我一大跳。

而且剛好就掉在我旁邊，儘管我沒有發出尖叫，但隨即湧起一股難以言喻的噁心感，當場忍不住邊摩擦雙臂邊跺腳了起來。

團長還垂下眉梢，隱約露出傷腦筋的神情看著我的舉動，不過我當作沒發現這件事。

竟然從天而降，這可是威力相當高的攻擊啊……

「差不多該回去了吧？」

當爬上背脊的惡寒平復下來之際，團長開口這麼說道。

看到我被史萊姆嚇到後，他好像決定先折返回去。

這次預計會在森林附近的村莊留宿，所以能在森林待久一點。

然而，現在不開始往回走的話，就不得不在史萊姆出沒的森林裡熬一夜了。

縱然可以輪流守夜，還是比在村中休息來得危險。

騎士們似乎也抱著同樣的想法，聽到團長說了這句話，他們全都點點頭。

既然全員意見一致，我們便轉往來時的方向，繼續穿梭於森林中。
走沒多久，團長就露出凝重的神色。
「怎麼了？」
「別說話。」
周遭的騎士也停下腳步，氣氛頓時緊繃了起來。
有魔物嗎？
我屏氣凝神一聽，偶爾傳來風吹動枝葉的聲響。
「出現了！」
「這……！」
一名騎士喊道，我們往他那邊看過去，而映入眼簾的便是彷彿從枯樹上許多窟窿滲出來一般的史萊姆。
其他騎士發出驚叫聲也是很正常的反應。
宛如樹液從樹上滑落而下的史萊姆，比先前看到的還要大上好幾倍。
當眾人緊盯著那隻史萊姆之際，我聽到有個騎士環視周遭後倒抽了一口氣。
我將視線環視一圈，發現四處的枯樹同樣都滲出了史萊姆。
不止大小，一次來襲的數量也是至今最大規模。

我看向身旁的宮廷魔導師，發現他的臉色相當難看，就明白這次的情況很險峻。

「『冰之障壁』。」

隨著團長的詠唱，一道冰牆便築了起來。

持續幾次詠唱後，除了正面之外，我們周圍都被冰牆包覆住。

「雖然大概等一下就會遭到侵蝕，但總比沒有好。」

「畢竟這樣或多或少省了提防背後偷襲的工夫。」

騎士接口說道，彷彿在為團長的說明進行補充。

看來這些冰牆是為了緩和遭到三百六十度包圍的情況。

接著，在準備就緒後，戰鬥就開始了。

主要負責攻擊史萊姆的是團長和宮廷魔導師。

騎士們牽制靠過來的史萊姆，讓彼此保持一定的距離。

我也時而解除異常狀態，時而施展恢復魔法。

這次的戰鬥拖得比前幾次還要久，周圍築起的冰牆也逐漸遭到侵蝕，有些地方都快被穿出洞來了。

團長見狀，便趁戰鬥空檔詠唱「冰之障壁」，重新構築起冰牆。

剛才的魔法似乎讓ＭＰ即將見底，於是團長從腰包裡拿出ＭＰ藥水一飲而盡。

雖說是騎士團的團長，但MP好像還是比宮廷魔導師少，所以團長喝藥水的頻率很高。
看來即使基礎等級相差10級以上，騎士與魔導師的最大MP量依然存在相當大的差距。
縱使我準備了不少藥水，總會有用完的時候。
儘管如此，無論打倒幾隻，周圍史萊姆的數量都沒有減少的跡象。
是不是從森林深處不斷遞補上來啊？
心中浮現事態更加惡化的猜測，我不由得仰天無語。
奇怪？
頭上的樹枝似乎反射陽光而閃耀了一下，於是我凝眸細看。
我以為是自己的錯覺，但並不是。
好幾根樹枝都有史萊姆依附在上面。
我腦中自動聯想到後續發展，臉上頓失血色。
「上面也有！」
我大喊一聲，團長跟著抬起頭，然後瞪大了雙眼。
也許是我的聲音反倒成為了信號，只見團長頭上接二連三地落下史萊姆。
我心感危及的同時，便感覺到魔力翻湧而起。
「聖女」的法術瞬間發動，將鋪天蓋地而來的史萊姆淨化掉了。

由於我太慌張的緣故，效果範圍很小。
不過，總之先清掉頭上及周圍五公尺左右的史萊姆了。
「聖，可以再施展一次嗎？」
「可以！」
「有辦法往那個方向開一條出路嗎？」
「行！」
「很好，全員撤退！」
幸好我應該還能再發動一次法術。
團長一聲令下，在前線戰鬥的騎士們便漸漸退回後方。
在這段期間，我稍微累積魔力，往團長所指的方向一直線發動法術，就看到線上的史萊姆盡數消失，開出了一條路。
在道路被阻塞起來之前，我們趕忙衝過去，這才總算突破了包圍網。

◆

從波瀾曲折的討伐回來後，經過了一週。

那天的討伐折損不少體力，我們比原訂計畫還要早回到領主的城堡。

但不止是因為疲憊而已。

遇到史萊姆這種魔物也是原因之一。

對上物理攻擊沒什麼效果的魔物，以當前的隊伍陣容而言，討伐的效率會很差。

為了讓今後的討伐工作能夠順利進行下去，我們必須請求王宮加派宮廷魔導師過來。

當然也有通知領主的必要，所以我們回到城堡便立即回報了關於史萊姆的事情。

領主從團長口中得知史萊姆和森林的情況後，表情非常凝重。

出現棘手的魔物固然頭疼，但森林瀕臨毀滅似乎才是更大的問題。

同席的柯琳娜女士也和領主一樣露出苦惱的神色。

根據她的說法，史萊姆出沒的森林尤其是能夠採到珍貴藥草的地點。

克勞斯納領的主要特產是藥草，這片森林因為史萊姆而開始衰亡是極其嚴重的問題。

在討伐魔物途中，我順道找了一下幾種聽說生長在森林裡的藥草，然而沒能找到。我將

這件事告訴柯琳娜女士，她眉間的皺紋就更多了。

與領主等人談完後，團長立刻寫了封請求支援的信送去王都。

聽團長說，王宮應該會答應加派人手，想必宮廷魔導師們短時間內就會抵達。

在魔導師們抵達之前都閒閒沒事做嗎？當然不是這樣。

我和騎士們前往其他地方繼續討伐魔物。
畢竟不是只有那座史萊姆森林有魔物出沒。
這樣的生活持續一陣子後，由於其他地方的討伐情況也漸趨穩定，目前倒是多了些空閒時間。
可能是近來都埋頭於討伐工作的緣故，團長吩咐我要好好休息。
他似乎鐵了心一定要讓我休息，還不准我去蒸餾室。
而且他甚至預先通知過柯琳娜女士，把這件事執行得相當澈底，我也放棄去藥草田或製作藥水了。
因此，今天也是連討伐工作都沒得做的完全休假日。
既不能去藥草田，也不能去蒸餾室，我實在閒得發慌。
到這般地步，能去的地方只剩一個了。
雖然很對不起城堡的廚師，但我決定借用廚房一角烤餅乾。
想問下廚就不算工作嗎？
下廚沒關係啦。
畢竟可以轉換心情嘛。
首先把材料秤重準備好。

見到檯上擺著迷迭香，在附近做事的廚師也饒富興味地探頭看了過來。

這裡的人可能對此不熟悉，但香草——這個世界的藥草——也可以用來做糕點。

而且加進香草後，更容易促使烹飪技能賦予好的效果。

我之所以特別提到烹飪的效果，是因為我打算把這個餅乾帶去討伐魔物。

沒錯。

我今天來下廚不只是做點心而已，還要順便試做討伐中方便食用的東西。

戰況一旦加劇，果然就不太有時間慢慢做飯，所以我一直在思考有什麼可以隨手拿起來吃的食物。

於是，我聯想到在日本很常吃的塊狀營養食品。

就是長得很像蘇格蘭奶油酥餅的那個東西。

為了做出那種便於攜帶的食物，我進一步思考之下，就想到了迷迭香核桃餅。

「今天要做糕點嗎？」

「對，但不是單純的糕點，我打算做能夠充飢的東西。」

「這樣啊？所以砂糖才會用得比較少嗎？」

「我的確想降低甜度，不過其實只是砂糖太貴了。」

「哦，原來如此。」

當我在過篩麵粉時，主廚就從旁邊朝我問道。
似乎是好奇我在做什麼。
我說出明明做糕點卻用比較少砂糖的原因後，主廚就心領神會地笑了。
在這個世界，製作甜點的材料特別昂貴。
如果可以毫無顧忌地使用砂糖就好了。
即使與主廚對話，我也沒停下手邊動作。
先揉麵團，再塑型，接著送入烤箱烘烤就完成了。
將烤得很漂亮的餅乾稍微放涼後，我拿起來淺嘗一口。
嗯，這個餅乾相當不錯。
不僅帶有迷迭香的淡淡香味，核桃的口感也很棒。
硬要挑剔的話，我希望能再甜一點；但想到這是討伐魔物時要吃的食物，那就不能再加糖了吧。
若要增加甜度，或許可以放水果乾看看？
不，這會徒增成本……
我邊咀嚼餅乾邊思考如何改善之際，感覺背後有股視線。
回頭一看，便發現以主廚為首的所有廚師都在看我這邊。

「要吃吃看嗎？」

我戰戰兢兢地問道，結果大家有志一同地點了點頭。

看他們躍躍欲試的模樣，我不禁露出苦笑。

主廚他們的研究熱情也不輸給蒸餾室的人們呢。

由於這是試做，我沒有做太多，所以發給大家一人一片，請他們多多包涵。

我說想再增加一點甜度後，大家就提供了形形色色的意見，或許該慶幸有請他們試吃。

換個地點，來到團長辦公室。

因為是討伐魔物時要帶的食物，我覺得應該請團長試吃看看，於是帶餅乾來找他。

進入辦公室，我說這是探班點心後，團長就回以燦爛無比的笑容。

總覺得比在王宮的時候還要具有殺傷力，是我的錯覺嗎？

他似乎正好要休息，便邀我一起喝茶，如同上次在王宮的時候。

我也想聽聽他的感想，那就恭敬不如從命吧。

「味道怎麼樣？」

「很好吃，應該很適合當作討伐時的便攜糧食。」

「太好了。」

能合您口味是再好不過了。

這個餅乾用的砂糖比較少，但對於不太喜歡甜點的團長而言，看來是剛剛好的甜度。

再加上我有將自己打算把這個餅乾帶去參加討伐的想法告訴他，這方面也能獲得他的認可真是太好了。

「我記得有通知妳今天休假才對……」

「是的，所以我去做餅乾來轉換心情。」

「這樣啊。」

團長一邊把第二塊餅乾拿到面前，一邊這麼問道，而我說出事先想好的理由後，他便回以苦笑。

因為是在試做討伐時的必備用品，從團長的角度來看，或許會認為這是工作吧。

所長也常常說我都沒有老實休息，但我覺得自己確實有在休息。

畢竟我又沒有在工作。

我的工作是研究藥草和支援討伐。

下廚沒有在工作範疇之內，所以這麼說應該沒錯吧？

不過，試做便攜糧食算是支援討伐的一部分嗎？咦？

就這樣，當我和團長在喝茶時，耳邊便傳來一陣倉促的腳步聲。

我和團長疑惑地面面相覷，結果室內就響起著急的敲門聲。

團長一問之下，回話的是侍從。

走進辦公室的侍從氣喘吁吁，看樣子是一路跑過來的，這倒是罕見。

「發生何事？」

「領主派來使者，說王宮增派的宮廷魔導師已經到了。」

「已經到了？」

也難怪團長聽完會露出錯愕的表情。

雖說寄出了求援信，但距離增援抵達還為時過早。

最起碼還要再一個星期。

究竟是怎麼一回事？

根據侍從所說，領主也抱持同樣的想法，所以才派人來問該如何應對。

無論如何，在這裡苦思也無濟於事。

我們決定先結束喝茶時光，去見那些據傳已經抵達的宮廷魔導師們。

「愛良妹妹？」

「聖小姐！」

在城堡人員的領路下，我和團長一起前往作為討伐戰集合地點的廣場，便看到騎士們和宮廷魔導師們都聚集在那裡。
我在一群陌生的臉孔中發現認識的人，不禁揚起了嗓音。
披著宮廷魔導師斗篷的愛良妹妹竟然也在裡面。
「咦？妳怎麼會在這裡？」
「呃……該怎麼說好呢，發生了很多事……」
我太過震驚，忍不住問起原因，而她則露出似笑非笑的複雜表情。
根據我過去所聽到的，她從王立學園畢業後就加入了宮廷魔導師團，所以參加這次的支援也不奇怪。
但是，增援來得實在太快，更別說這裡的宮廷魔導師比例不太對勁。
聽說寫給王宮的信上有提到史萊姆的事情，也有請求多派一點魔導師過來。
儘管如此，新一批人馬裡的宮廷魔導師人數卻和原本那一批差不多。
看來應該確認一下愛良妹妹所說的「很多事」所指的具體情況是什麼。
想到這裡，當我正要詢問詳情時，就察覺到有人快步接近。
看到一名披著宮廷魔導師斗篷，並將斗篷兜帽拉得很低的人物，愛良妹妹的笑容變得更複雜了。
嗅到不尋常的氣息，站在我旁邊的團長往前一步，將我們護在身後。

然而，那名宮廷魔導師毫不遲疑地走近警戒起來的我們，接著慢條斯理地拉起兜帽。

兜帽下露出的臉龐，讓團長和我都不禁驚呼了一聲。

「久疏問候了。」

那張舉世少有的俊美容貌泛起一抹動人的笑意，他是理應待在王宮的師團長。

看著他側頭微笑的模樣，我似乎聽到了「我來囉」這種從副聲道傳來的聲音。

幕後

「這是怎麼一回事？」

「你指哪件事？」

在宮廷魔導師團的隊舍，宮廷魔導師團的師團長尤利衝進了有許多魔導師的某處室內。

看到尤利一反常態，不僅連門都沒敲，還踏著大步走進來，室內裡的所有人都露出驚訝的神色。

不過，相對於一手拍在眼前桌子上的尤利，副師團長埃爾哈德依然低頭看著手邊的文件，僅以若無其事的表情回問了一句。

室內氣氛瞬間惡化，其他人的臉全都蒼白失色。

「你還敢問我！為什麼已經出發了啊！」

尤利怒氣沖沖地說道，而埃爾哈德則抬起視線。

他臉上沒有一絲焦躁。

在他的心中，早已料到尤利會跑來發脾氣。

聖遠征外地一事確定下來後，最引起爭論的就是隨行人員。
一直都很崇拜聖的第二騎士團，還有與聖交情最好的第三騎士團，這兩者之間自然不必多說。
再加上尤利堅持一定要跟去，絲毫不肯退讓。
上次前往王都西邊森林討伐魔物時，騎士團的團長和宮廷魔導師團的師團長都有參加，從過去的經驗來看，這是相當罕見的情形。
戰力相較於一般討伐顯得過剩，而且最重要的是，王宮的防守會變弱。
儘管如此，會允許他們兩人都參加自有箇中原由。
第一，因為「聖女」會參與討伐。
第二，在西邊森林發生過一次大規模損傷。
除此之外，西邊森林離王都較近，縱使王都周邊出事，他們也能立刻趕回王都。
基於上述理由，並且經過諸般協調後，尤利才得以參加討伐。
相對之下，這次是要遠征外地。
就算王都周邊出了什麼問題，他也沒辦法立刻趕回來。
因此，要讓兩名以上的團長參加遠征是不可能的。
在當時，總是一個人單獨行動的尤利不適合率領團隊執行討伐任務，因此沒能被列為候選對象。

但是，既然聖會參加，埃爾哈德便推測尤利即使得知理由也不會就此放棄。

因為之前在西邊森林忙著對付大量魔物，沒能仔細觀察「聖女」的法術，令尤利每次想起都很不甘心。

雖說聖還沒辦法隨心自如地施展「聖女」的法術，但這次的遠征地點克勞斯納領極有可能存在著黑色沼澤，她再次成功發動法術的機會也很大。

尤利絕不可能眼睜睜地錯失這樣的機會。

對於說什麼都一定會跟去的尤利，埃爾哈德想出了一條計策。

儘管非常費勁，但他還是在瞞著尤利的情況下，讓聖提前出發去遠征。

正確來說，他只是告訴尤利一個晚於實際出發日的日期。

不過，遠征前必須先作一番準備，尤利要是撞見可能會有所察覺。

於是，為了多方掩飾，他還要求自己的弟弟——第三騎士團的團長艾爾柏特幫忙。

而他則會推薦王宮派第三騎士團參加遠征作為回報。

艾爾柏特當然樂意協助，這一點自不在話下。

埃爾哈德要求幫忙的對象不是只有艾爾柏特而已。

聖以及聖所屬的藥用植物研究所的所長約翰也出了一份力。

研究所會批售藥水給騎士團，因此與遠征的準備也有密切關係。
而且因為魔法特訓的緣故，聖和尤利見面的機會很多。
若非要求聖保密，抑或是請約翰幫忙轉達假的出發日期，聖很有可能不小心說出實際出發的日期。
幸好聖和約翰也非常清楚尤利的個性，他們兩人都一口答應幫忙。
尤其約翰答應得特別爽快，他似乎很同情平日總被尤利的言行舉止弄得勞心傷神的埃爾哈德。
雖然不用明指是誰，但他本身可能也經常忙於幫部下的言行舉止收拾善後。
「聽說出發日期提前了。」
「提前？我根本沒聽說啊。」
「反正你又去不了，沒必要告訴你吧？」
「我可是師團長耶。」
「你平常都沒在處理公事，有需要知道嗎？」
「唔……」
聽到埃爾哈德指出這一點，尤利便沉默了下來。
尤利本身並不追求名利地位，只要給他做研究的環境即可。

然而收養尤利的貴族世家非常在乎地位，經他們極力強推，尤利便成為了師團長。

為了輔佐原本是平民且只對研究感興趣的尤利，便任命在斯蘭塔尼亞王國掌握軍權的霍克家族次子——埃爾哈德擔任副師團長。

眾所皆知尤利是基於政治因素的掛名師團長，他自己也接受這個事實。

對尤利而言，他很開心得到了一個能夠專心做研究的環境，並以此為藉口，幾乎把所有公事都推給埃爾哈德處理。

埃爾哈德平時連師團長的工作都要攬下，付出的辛勞與地位不成正比，但這次反而利用這一點成功瞞住尤利出發日期，辛苦也算是有所回報。

「暫且不論公事，我都有參加討伐魔物啊，相關消息告訴我一聲不為過吧？」

「你還真是不肯罷休啊，該不會本來打算偷偷混進去吧？」

埃爾哈德用嚴厲的眼神盯著尤利，而尤利儘管有一瞬間退怯，卻立刻噘起了嘴。

這證明埃爾哈德說中了。

埃爾哈德見狀，既安心又有些無言地嘆了一口氣。

「我應該已經把你不能參加遠征的理由說得很清楚了……」

縱然埃爾哈德的視線帶有責備意味，尤利依然不改賭氣的表情。

對此，埃爾哈德再度嘆氣，但這次阻止尤利亂跑一事，在他看來還算是個圓滿的結果。

後來，埃爾哈德把一些工作分配給尤利，要他偶爾也該處理公事。

經過這樁小小爭執，宮廷魔導師團度過了一段與平常無異的日子。

當人在克勞斯納領的艾爾柏特寫的定期報告書送達王宮後，情況才發生變化。

「看來克勞斯納領的魔物也增加了相當多啊。」

「是的，但目前處理起來似乎尚不成問題。」

「聽說還沒發現黑色沼澤……」

「確實如此，不過報告指出可能存在。」

宰相回答國王的問題。

報告書送達的隔日，宰相就傳喚了埃爾哈德。

各騎士團與師團的領袖也來到指定的一處室內，全員到齊後，宰相就開始說明克勞斯納領的情況。

尤利明明沒有外出，卻是身為副師團長的埃爾哈德受到傳喚，似乎是因為相較於尤利，這些內容告訴埃爾哈德會比較好。

聽到接下來的內容，埃爾哈德便這麼想。

「報告還提到了『聖女』大人的事情，原本遲遲未能釐清問題的法術，她已經知道如何發動了。」

「這實屬好消息。」

得知聖能夠自行發動「聖女」法術，讓國王臉上浮現出笑容。

在座所有人聽完也露出相同的表情。

接著，大家同時推測出尤利不在場的原因。

尤利基本上在公開場合都會裝乖，然而一旦遇到感興趣的對象就會徹底失控，這是很有名的事情。

他對魔法研究熱衷到被揶揄是魔法狂熱分子，還會為了研究而跑去單挑通常會組隊討伐的魔物。

而他目前最感興趣的事物是「聖女」的法術。

聖能夠使用法術的話，周遭的人們當然會擔心他這次可能會單槍匹馬前往克勞斯納領。

說明完克勞斯納領的情況之後，宰相問道：「有任何問題嗎？」這時就見第二騎士團的團長盧德夫・艾布林格舉起手。

在座人們的視線都集中到他身上。

「既然還沒找到黑色沼澤，那麼是否需要增派人手去搜索呢？」

「應該不需要增派人手。他們似乎與當地的傭兵團合作，在領內進行地毯式搜索，遲早會找到黑色沼澤的。」

針對盧德夫的問題，宰相如此答道。

不過，他的聲音帶有些許無言的意味，這是因為他察覺到盧德夫的盤算。

自從聖不再隱瞞自己會使用聖屬性魔法後，第二騎士團就出現許多崇拜她的人。

治療去王都西邊葛修森林討伐魔物回來的騎士們，是她第一次在公開場合使用魔法。

由於那次討伐是第二騎士團與第三騎士團聯合出擊，治療對象中也包含許多第二騎士團的騎士。

聖的魔法具備驚人的威力，連據說極難治療的斷肢都能復原。崇拜聖的第二騎士團成員，大部分都是當時在聖的施法之下復原了斷肢。

而且，崇拜者的領頭人物是第二騎士團的副團長。

確定由第三騎士團陪同遠征之際，副團長在眾目睽睽之下頹然跪地，這在第二騎士團內是人盡皆知的事。

後來，盧德夫偶然聽見副團長和騎士們趁他不在時咒罵連連，便思考自己能為他們做些什麼。

就在此時，他被傳喚來參加這次集會。

他自然會想要藉這次機會讓第二騎士團派人過去，多少消除一點副團長他們的怨氣。

畢竟誰也不想一直被部下咒罵。

宰相非常了解第二騎士團的團長及副團長，因此早就看穿盧德夫的這點心思。

「不需要趕快找出來嗎？」

「『聖女』大人到那邊之後，魔物湧現的情形就受到了抑制，事態沒有緊急到必須再加派人手。」

「聽說黑色沼澤周邊有很多魔物，難道沒必要提供增援嗎？」

「這次同行的第三騎士團曾在西邊森林實際對付過沼澤。我知道一定很危險，但只要活用西邊森林的經驗，當前人數也能順利完成任務吧。」

遭到宰相無情拒絕後，盧德夫垂下了眉梢。

宰相本身也不想分派過多的人手到克勞斯納領。

因為從王宮派人過去的話，必須耗費一定程度的各種物資。

最後，眾人決議維持現狀觀察事情發展，會議就此結束。

開完會議的幾天後，埃爾哈德莫名感到心緒不寧。

接著，他察覺到這是因為從早上就沒看見尤利蹤影的緣故。

換作是平常，他不會放在心上，只當尤利八成是窩在演習場，但這天不知為何就是有股不妙的預感。

他叫附近一名宮廷魔導師去演習場找尤利，而他自己也前往魔導師們的值勤室。

環視屋內一圈後，他確定尤利不在這裡。

於是，他詢問魔導師們有沒有看到尤利，結果其中一人的回答令人震驚。

「你說他去討伐魔物了？」

「是、是的。」

「一個人嗎？」

「不是，他好像帶了幾個人一起去。」

聽到魔導師的回答，埃爾哈德皺起眉頭。

為了維持魔法的技術，尤利經常獨自到附近的森林討伐魔物。

但是，他幾乎不曾和別人結伴去。

接著聽到是哪些人被帶走後，埃爾哈德的表情更加凝重了。

因為被尤利帶走的人之中，有愛良這個名字。

儘管尤利否定過，但這件事沒有對外公開，所以有些人覺得和聖一起被召喚過來的愛良可能也是「聖女」，因而將她視為特別的存在。

那些人認為愛良之所以被分配到宮廷魔導師團，也是為了培養身為「聖女」的能力。

雖然這稱不上原因所在，不過愛良在宮廷魔導師團的地位確實較為特殊一點。

尤利一反常態的舉動，讓在一旁看的人彷彿也有些掛心。

但愛良是被帶走的人員之一，大家便猜想應該有什麼特別的理由，因此沒加以攔阻。
得知事情經過後，埃爾哈德用手按住額頭，好像在忍耐頭痛。
這時，第二騎士團的團長盧德夫衝了進來。
室內的魔導師們都將視線集中在狀似慌張的盧德夫身上。
而臉色難看的盧德夫在門口調整好氣息後，大步走近埃爾哈德。
不妙的預感愈發強烈，埃爾哈德瞇眼看著盧德夫。
「發生什麼事了？」
「聽說我們的騎士和宮廷魔導師們一起去討伐魔物了。」
「討伐魔物？」
「對，似乎是得知西邊森林有大型魔物出現就過去了，但看來並非如此。」
「怎麼說？」
「他們好像往克勞斯納領出發了。」
聽到這個地名，埃爾哈德的太陽穴爆出青筋。
身旁的魔導師們察覺到這一點，都默默地隔開距離。
埃爾哈德認為八九不離十是尤利搞出的戲碼，但盧德夫沒有這麼想。
因為從第二騎士團出走的成員，清一色是原本想跟著聖一起遠征的騎士。

在盧德夫的推測中，是騎士們策劃這次的事件，並為了假裝成王都周邊的一般討伐行動而帶走魔導師們。

一旦事情曝光，策劃的人絕對逃不了懲處，但他們想必是不惜受到懲處也要見到聖，才會付諸實行吧。

信仰實在可畏。

順道一提，副團長似乎被丟下來了。

雖然不清楚實情，不過騎士們可能是擔心把副團長算進來的話，各方面來說都會引發更嚴重的問題。

「非常抱歉害你們也被拖下水。」

「不，說不定是我們把你們牽扯進來的。」

「為何這麼說？」

「我們的師團長目前也下落不明。」

聽到埃爾哈德這麼說，盧德夫張嘴愣住了一會兒，但他很快便回過神，提議去向宰相報告此事。

他表示茲事體大，最好盡速回報，而埃爾哈德也嚴肅地頷首。

於是，他們兩人加緊腳步離開宮廷魔導師團的隊舍。

◆

時間回到稍早之前。

愛良佇立在王宮一處廣場，出征時經常會在這裡集合。

眼前的第二騎士團成員正忙著把物資搬上運貨馬車。

本來的話，她今天一整天都要在宮廷魔導師團的隊舍處理文書工作。

之所以此刻會待在廣場，是出於師團長尤利的指示。

當她和以往一樣在宮廷魔導師團的隊舍值勤時，尤利隨口說了聲：「我們去討伐魔物吧。」就把她帶走了。

尤利並不是特地來找愛良一起去。

真要說的話，比較像是她剛好在附近才被挑中。

看到尤利除了她之外，還帶走幾名附近的魔導師，愛良就這麼想。

她的想法是正確的。

尤利沒有特別挑選要帶走哪些人。

愛良看著東奔西跑作討伐準備的人們，內心湧起一股不安的情緒。

她並非對討伐感到不安。

在討伐方面，她的心情反而比以往樂觀許多。

從王立學園畢業，並且加入宮廷魔導師團之後，她因為工作而參加過好幾次討伐戰。

相較於第一次與魔物對峙時，她已經適應很多了。

儘管會緊張，但事到如今她也不會再感到不安。

而且這次要去的是王都西邊的葛修森林，也就是一般說的西邊森林。

西邊森林過去以大量魔物出沒而聞名，但聖去掃蕩過魔物以後，魔物湧現的情況便趨於安定。

即使還是有魔物出沒，數量應該也不會像聖一行人當時遇到的那麼誇張。

這次聽說是偶然在森林外緣看到大型魔物，才會緊急決定要前去討伐，不過師團長也會同行。

雖然他只對魔法感興趣，但魔法方面的實力是無庸置疑的。

就算說有大型魔物出現，大概就一隻，再多也就幾隻而已。

傳聞尤利是個戰鬥狂，只要有他在，肯定不會陷入多危險的情況。

既然如此，她為何會感到不安呢？

愛良本人也不曉得原因。

不過，當她漫不經心地望著運貨馬車上堆積的物資時，也一邊暗暗想著：只是去西邊森林而已，東西怎麼好像有點多？

過沒多久，似乎準備就緒了，眾人便出發前往目的地。

從這裡到西邊森林有一段距離，所以是搭乘能夠容納許多人的帶篷馬車過去。

宮廷魔導師們同坐一輛馬車。

馬車的左右兩邊設有長椅，背後則是車篷。

由於沒有決定座位，宮廷魔導師們便按照上馬車的順序往內坐。

愛良的位置恰好在長椅的中間。

路途上，愛良和一起搭車的同事討論起推測是這次出沒的魔物。

討論完魔物的事情後，內容就轉為閒聊。

她忽然有點在意，便看向坐在自己面前的尤利。

在其他魔導師開口說話時，尤利並沒有參與聊天，他看起來心不在焉，似乎在思索著什麼事情。

（他在想什麼呢？）

愛良第一次見到尤利之際，也驚豔於那張宛如人工雕琢而成的俊美容貌，遲遲挪不開眼；但來到宮廷魔導師團工作後，她便逐漸習慣了。

若只是遠觀的話，那張容貌或許會令她感到嚮往；但他和埃爾哈德之間的互動每天就近看下來，她想嚮往也嚮往不起來。

換句話說，幻想立刻就破滅了。

記得有人說過，這個人只能純欣賞……

因此，雖然她並不是看尤利的臉看到入迷，但可能是一直盯著看的緣故，尤利就與她對上眼了。

「怎麼了？」

「啊，沒事……」

面對尤利的問題，愛良一時語塞。

她連忙移開視線，這次卻換尤利盯著她看了起來。

她暫且忽視掉，然而實在承受不住刺著側臉的視線，便提心吊膽地移回視線。

即使同樣隸屬宮廷魔導師團，尤利是師團長，愛良則是普通的魔導師，兩人之間幾乎沒有交集。

雖然愛良和聖一樣是被「聖女召喚儀式」召喚過來的，但她不會使用「聖女」的法術，尤利對她提不起興趣，從未主動跟她搭話。

愛良自己也屬於沒事就不會找上司說話的個性，所以他們兩人至今都沒什麼交流。

出於這個緣故，她很猶豫該不該問尤利無聊的問題，可是又想不到其他好回答，最後就老實說出心中的疑問了。

「我看您好像在想事情，不知道是在想什麼……」

「喔，我想了一下魔法的事情。」

在安靜下來的馬車內，僅響起愛良和尤利的聲音。

魔導師們剛才還在閒聊，但難得看到愛良和尤利在說話，便停下來注視著他們。

尤利的回答在魔導師們的意料之中，愛良也覺得這個回答如同傳聞很有魔法狂熱分子的風格，完全可以理解。

「魔法嗎？」

「嗯，是關於『聖女』的法術。」

「聖小姐的？」

聽到「聖女」，愛良就聯想到來自同一個世界的大姊姊。

於是，她脫口說出這個名字，而尤利這次就微微睜大了雙眼。

「妳認識她嗎？這麼說來……」

尤利說到一半似乎察覺到什麼，便目不轉睛地注視著愛良的臉龐。

雖然愛良在學園的朋友大多是俊男美女，但一個相貌出眾又擁有上司這個頭銜的男人（尤利）盯著自己看，實在讓她有點坐立難安。
不過，尷尬的時間很快就結束了。
隔了一拍後，大概是想到了什麼，尤利用手托著下巴點點頭。
「妳和她是從同一個世界過來的吧？」
「是的……」
「唔嗯。」
也許是問完這個問題就滿意了，只見尤利似乎再次沉入思考的汪洋中。
當愛良滿頭問號地感到不知所措之際，尤利又拋來一個問題。
「妳和聖常常說話嗎？」
「咦？沒有……我也不確定，可能比其他人多吧……大概是偶爾會一起喝茶的程度。」
「這樣啊？那算是比較多的吧。」
從客觀的角度來看，愛良不確定自己和聖說話的機會是否算多。
其實相較於聖的同事，也就是藥用植物研究所的人們，她和聖接觸的機會算少。
但從整個王宮來看的話，她算是比較多的。
畢竟聖除了研究所以外，頂多只會在宮廷魔導師團和圖書室出沒。
交友圈自然會縮小。

在狹小的交友圈中，可以一起喝茶的交情已經算是相當親近了吧。
至少在宮廷魔導師團這邊只有尤利和埃爾哈德而已。
一方面也是因為聖和愛良來自同一個世界，尤利才會判斷她們應該很要好。
「妳們在一起時都在聊什麼？」
「這個的話……我們會聊日常生活中感受到的事情，另外還會聊到日本……就是以前的國家。」
「既然會聊日常生活，也包含魔法嗎？」
「是的。我有時候會在演習場遇到她，所以會討論很多關於魔法的事。」
「對於『聖女』的法術，她有說過什麼嗎？」
「……有的。她說一直沒辦法發動法術，看起來很不甘心。」
「果然真的找不到發動條件嗎……」
若換作其他人，大概會對日本這個異世界的事情比較感興趣，但身為魔法狂熱分子的尤利在這時候依然保持一貫作風。
在鑑定聖的狀態資訊時，尤利就察覺到她一直想方設法隱瞞自己的「聖女」身分。
因此他也曾想過，聖說不定其實可以隨心自如地施展「聖女」的法術，卻聲稱自己無法施展。

雖然實際與聖接觸過後，他認為聖沒說謊的可能性比較高，但保險起見還是向愛良確認看看。

因為愛良跟聖關係親近，又來自同一個世界，聖或許在愛良面前會透露一些沒告訴他的事情。

當尤利半強迫地把話題拉到魔法上時，愛良也發覺他想問的是「聖女」的法術。

愛良知道聖不喜歡被推崇為「聖女」，所以在不構成困擾的範圍內將兩人的對話內容告訴尤利。

不過，她們兩人的對話內容本來就幾乎都是尤利知道的事情。

聖確實無法隨意施展「聖女」的法術，這部分沒有出入。

愛良隱瞞沒說的，是聖覺得尤利的特訓太嚴格之類的抱怨。

儘管尤利沒有打聽到新消息，但他對魔法的話題很感興趣，若是談話出現空檔，他也會主動提供話題。

兩人談到魔力操作時尤其熱絡。

愛良一提起聖講過的魔力操作對製作藥水的實用功效，尤利就認同地點點頭，初次聽聞的魔導師們則議論紛紛。

當眾人和樂融融地在路上前進時，坐在車廂門口附近的魔導師一臉疑惑地揚起聲音。

「你們看，這條路是不是不一樣？」
「不一樣？」
「怎麼了？」
車門附近的其他魔導師看到外頭的風景後，臉色也為之一變。
因為去過好幾次西邊森林的人們只要一看，就會發現那是一片陌生的景色。
但是，後面馬車的車夫看起來都沒有什麼怪異之處。
沒人知道這是怎麼一回事，馬車內頓時掀起一陣騷動。
見到周圍的人亂作一團，愛良也想起出發時的內心隱憂，不禁面帶愁容，覺得是不妙的預感成真了。
這種時候就該請示上司的判斷吧？
想到這裡，愛良看向尤利，結果發現他維持用手托著下巴的姿勢，臉上隱約浮現笑意。
「師團長？」
看到尤利的表情，愛良用充滿疑惑的語氣問道，而魔導師們的視線也集中到他身上。
尤利冷靜沉著的模樣，讓原本喧鬧的馬車變得鴉雀無聲。
「看得出來目前行經哪一帶嗎？」
「……我不是很確定，但似乎是往比葛修森林更偏西的方向移動。」

尤利平和地問道，而車門附近的魔導師回答後，他的笑意就更深了。

魔導師們見狀面面相覷。

「您知道目的地是哪裡嗎？」

「不，我不知道。但是，我大概猜得到。」

「那我們是要往哪裡去？」

「應該是克勞斯納領吧。」

這個回答讓魔導師們瞬間惴惴不安起來。

尤利說要去討伐魔物時，他們聽到的目的地是西邊森林。

這件事不止一名魔導師記得，所以絕不會有錯。

若問是不是尤利欺騙大家的話，倒也不太像。

因為尤利本人剛剛才親口說自己「不知道」原本的目的地。

「第二騎士團來委託我們同行時，有講明是要去西邊森林吧？」

「是啊。」

「既然如此，為什麼您猜得到目的地呢？」

「以去西邊森林討伐魔物而言，馬車載的物資數量多得不尋常，而且這是**來自第二騎士團**的邀請。」

（果然沒錯……）

聽尤利這麼說，愛良就知道自己在出發當時覺得物資特別多的想法並沒有錯。

其他人沒有聚焦於物資，而是另一個理由。

「姑且不談物資，第二騎士團怎麼了嗎？」

「第二騎士團有很多人非常喜歡『聖女』大人啊～沒能陪同她去克勞斯納領應該讓他們感到很落寞吧？」

尤利一臉好心情地笑著答道，魔導師們則互相看著彼此。

他們的臉色有點難看，因為他們知道現在這個局面非常糟糕。

「接到委託的時候，我有點好奇就參加了，現在想來真是個好決定。」

看到尤利歡快一笑，魔導師們思及事後的應對處理，不禁紛紛抱頭苦惱起來。

縱使察覺到目的地有異，但看尤利這模樣，大概沒辦法折回王都了。

尤利本來就和第二騎士團一樣想跟著去克勞斯納領，即使眾人提議回王都，他也絕對不會同意。

再說，尤利雖然聲稱不曉得目的地，但事實上他未必對第二騎士團的計畫毫不知情。

這一切有可能是他和第二騎士團合謀的結果。

無論如何，他們這些人只能繼續往克勞斯納領前進了。

畢竟能在這時候阻止尤利的人——埃爾哈德不在這裡。

即使回去之後被算帳，這個樂天派的上司應該會代替所有人捱罵吧。

他們這些人不用說一句話，優秀的副師團長肯定也能推論出整件事的來龍去脈。

魔導師們僅憑視線交流上述想法，然後同時嘆了口氣，打消變更目的地的念頭。

第三幕　實驗

「很好！感覺不錯呢，相當順利。」

看到藥草沐浴在朝陽下，翠綠光潤的葉子散發著耀眼光輝，我不由得泛起笑容。

種在盆栽裡獲得祝福的藥草，每一株似乎都順利地成長茁壯。

甚至可能還有點太順利了。

比起正常的培育方式，這些藥草好像長得更快了呢。

和我一起觀察成長情況的柯琳娜女士也說過類似的話。

或許差不多可以進行下一階段，也就是將實驗移轉到小規模的田地。

畢竟我不會一直待在克勞斯納領，解決魔物的問題後，就得回王都了。

還是盡快把能做的事情都做一做吧。

由於意想不到的王都增援突然出現，團長這陣子因為重新編制討伐隊而忙得焦頭爛額。

雖然師團長也是增援部隊的一分子，但那個人好像對魔法以外的事一概不知。

他以往討伐魔物的時候常常單獨行動，與其說他不懂部隊編制，或許該說從來沒做過。

讓這樣的人擔任領袖真的沒問題嗎？儘管我對此感到疑惑，不過其中有很多內情吧。

大概啦。

宮廷魔導師們也從王都過來了。

然而，人數沒有當初請求支援的那麼多。

因此必須重新編制討伐隊，讓魔導師較多的組別負責處理史萊姆森林，魔導師較少的組別則負責處理其他區域。

編制部隊是團長習以為常的工作。

照理說他可以快速俐落地解決掉，但因為第二騎士團的成員也在增援之中，導致事情進行得不太順利。

據傳每個人都想加入負責史萊姆森林的組別，為此吵得不可開交。

這是第三騎士團的騎士偷偷告訴我的。

真是傷腦筋。

不管怎樣，重新編制完畢後，應該就會立刻出發。

那麼，我就趁現在盡量推進實驗的進度吧。

好事不宜遲。

看完盆栽的情況，我隨即前往蒸餾室。

到蒸餾室後，我將盆栽狀態和今後的實驗計畫告訴柯琳娜女士。除了我之外，柯琳娜女士每天也都會來巡視盆栽的藥草，而且同樣覺得差不多可以進行下一個階段了。

所以，她很乾脆地答應讓我在田地做實驗。

她好像早就幫我備妥預計要使用的藥草田，當下就打算帶我過去。看來能夠栽種一度中斷培育的藥草，似乎也讓她感到迫不及待。

她前往藥草田的腳步非常輕快。

「請問，整塊田地都能使用嗎？」

「妳就儘管用吧，領主已經批准了。」

她帶我來到一大塊開墾過的田地。

遙遠的另一端可見一片森林，即便如此還是相當廣闊。

若要用藥草進行各式各樣的實驗，確實需要一定規模的田地。

不過，一下子就在這麼大的田地做實驗真的沒關係嗎？

我不禁遲疑起來，但既然柯琳娜女士說了聲「那就開始吧」，我便重振心情，準備發動「聖女」的法術。

雖然當著別人的面發動法術很羞恥，但也只能忍耐了。

反正之前也曾在柯琳娜女士面前對盆栽施予過祝福。

還是別細究太多吧。

我吐出一口氣，將精神集中在發動法術上。

不久，我感覺到魔力在四周瀰漫而起。

我不予以理會，保持專注力，接著魔力的擴散範圍便逐漸加大。

看到田地的其中一個區塊被魔力澈底覆蓋，我便抱著祈求藥草順利成長的心情，發動了「聖女」的法術。

「剛才那是『聖女』的法術嗎？」

當藥草田表面發出的白光收束起來之際，背後傳來了一道聲音。

我心下一驚，轉過頭去，發現笑得明亮燦爛的師團長正朝這邊走來。

身旁的柯琳娜女士也睜大雙眼，看來師團長的出現不在預料之中。

這也是自然的，畢竟對藥草田施予祝福是這個領地的機密事項。

她剛剛才說今天已下過嚴令，任何人都不得靠近這裡。

不過，這個命令應該沒有傳到師團長那邊。

畢竟指揮系統不同也沒辦法，但現在這情況可能真的不太妙。

「早安。」

「早安。所以剛才那是？」

「是『聖女』的法術沒錯。」

「果然！妳能夠自由自在地發動法術了呢！」

光憑打招呼沒辦法糊弄過去。

我心不甘情不願地承認是「聖女」的法術後，師團長的表情更是熠熠發亮。

從他的反應來看，難道他原本並不曉得我已經學會發動法術了嗎？

「對了，為什麼要在這裡施法呢？」

當我還在疑惑師團長怎麼一副才剛聽說的模樣，他就拋來了一個難以回答的問題。

唔，該怎麼解釋好呢……

坦白供出一切是不行的吧？

「我跟領主說想要一個練習法術的地方，他就安排我來這裡了。」

「這樣啊。」

「這裡非常廣闊，目前也沒有種植任何東西，何況『聖女』的法術也不會對田地造成傷害嘛。」

「原來如此。」

雖然連我自己都覺得這是一個很牽強的藉口，但我不能講出祝福的事情，只好想辦法搪塞過去。

不過，這種藉口似乎成功說服師團長了。

這樣就沒事了吧？我看向旁邊的柯琳娜女士，她的表情沒什麼變化，應該沒有問題。

「看起來是沒有傷害，但可能會對土壤造成影響哦。」

「咦？」

「不知何故，我可以感覺到土壤有股奇妙的魔力。」

師團長用手托著下巴，邊看土地邊喃喃吐出這句話。

儘管我毫無頭緒，但在魔法這塊領域是佼佼者的師團長似乎分辨得出差異。

柯琳娜女士可能是不清楚師團長的來頭，只見她的眉毛抽動了一下。

放心吧。

師團長只是對魔法很了解，應該不知道對田地施予祝福的事。

但他搞不好已經察覺到就是了。

柯琳娜女士將視線瞄向我，我便抱著這個想法對她點點頭。

箇中原由想必她還不懂，之後再跟她細說吧。

回歸正題。

師團長說感覺到土壤有股奇妙的魔力，指的當然是「聖女」的魔力吧？

畢竟我施展過「聖女」的法術。

師團長之前提過生物是具有魔力的，但屬於無生物的土壤具有魔力也是正常的嗎？

雖說是土壤，也可能含有微生物，祝福或許會對那一類的東西產生影響吧。

又或者是類似附魔的現象發生在某些礦物上了？

一思考下去就沒完沒了，不過感覺是有可能的。

我提出這個看法後，師團長和柯琳娜女士都興味濃厚地聽著。

這兩人該不會其實是同類吧？

在我說這件事的時候，他們也會交換意見，看起來彼此都有所收穫。

總覺得兩人的關係變好了。

這倒不打緊。

更要命的在後頭……

「那麼就繼續吧。」

我可能不該說自己是來練習法術的。

師團長露出女性同胞都會被迷倒的笑靨，催促我施展祝福的法術。

因為終於能夠觀察期盼已久的「聖女」法術，他整個人興致好得不得了。

不知道為什麼柯琳娜女士也在一旁點頭。

咦？真的要在師團長面前發動法術嗎？
呃，那個，發動法術是需要一點時間的……
而且，我也要先作好心理準備……
多練習就好了？
不是啦，就是說……
NOOOOOO！！！

◆

斷斷續續地發動「聖女」的法術，對所有實驗田地施予祝福後，我們便收工了。
我要做的事情本來就只到施予祝福這步，在田地播種等後續作業會由園藝師幫忙完成。
柯琳娜女士留在這裡向園藝師交代工作，我則和師團長一起前往騎士團的待命所。
其實我也想看看播種的情形，但師團長表示有事情要問我，只好先走一步了。
我猜，他想問的事情八成和「聖女」的法術有關吧。
當我在施展祝福法術的休息空檔時，他也一直問東問西的。
抵達待命所，師團長便穿過大廳走上二樓。

我跟在他後面，最後走到一間辦公室，但那不是團長的那間。
似乎是師團長專用的辦公室。
畢竟他好歹是宮廷魔導師團的領袖，所以有為他安排個人辦公室的樣子。
室內陳設的家具和團長的辦公室一模一樣。
要說哪裡不同的話，大概就是桌上的文件量。
團長負責管理騎士團，當然會比較多。
擺在師團長桌上的肯定都只是研究所需的資料吧。
我環視室內一圈後，師團長便示意我去坐沙發，於是我就不客氣地坐下了。
過沒多久，侍從送來了草本茶和餅乾。
這是洋甘菊茶嗎？
聞起來好香。
我凝視著杯中的淡黃色水面啜飲一口後，師團長就開口說：
「『聖女』的法術比預期中還要耗費魔力呢。」
「是呀。」
聽到師團長這麼說，我便點頭回應。
他說得沒錯，「聖女」的法術確實相當耗費魔力。

基本上，範圍魔法所需的ＭＰ，與法術效果的強弱和範圍成正比。

「聖女」的法術似乎也是範圍魔法的一種，隨著效果範圍擴大，耗費的ＭＰ也同樣會隨之增加。

不過，今天施法的每一面田地並沒有多大。

儘管如此，在對兩面田地施予祝福後，連我的ＭＰ都幾乎見底，由此可見這個法術所需的ＭＰ本來就比較多吧。

但也有可能是祝福屬於效果強力的魔法，才會耗費掉大量ＭＰ。

因此，每對兩面田地施完祝福，我就要休息一下讓ＭＰ恢復。

師團長看得很心急，但這也是沒辦法的事。

如果有ＭＰ藥水喝的話，就能不間斷地持續施法了。

然而，在藥草短缺的現狀之下，我不想浪費藥水。

消耗掉的ＨＰ和ＭＰ就像體力一樣，即使不使用藥水也會隨著時間經過而慢慢恢復。

雖然很花時間，但無論是站著還是坐著，只要耐心等待就會補回來。

若沒有急需，還是別使用藥水比較好。

師團長和柯琳娜女士都知道藥草目前短缺的狀態。

所以我說魔力快見底之後，師團長也能夠諒解。

不過，師團長終究是師團長。

他連休息空檔都不放過，問了一大堆關於「聖女」法術的問題。

像是他不在的時候，我有沒有什麼發現之類的。

「看來下次出征時必須準備更多ＭＰ藥水才行，畢竟魔導師的人數也增加了。」

「是的。雖然材料有點不夠，但我會盡量製作高階的藥水。」

「接下來可以練習讓施法速度快一點。從剛才的情況來看，加快速度應該沒問題吧？」

「……」

師團長用手托著下巴，而我不由得把視線從他身上移開。

還要更快嗎？

這實在有點……應該說相當困難。

因為在施法之前，我得經過一番心理準備。

不過，多少練習一下確實比較好。

儘管我能夠靠自身意志發動法術，但發動所需的時間每次都不一樣。

如果可以經由訓練讓發動所需的時間固定下來的話，那最好還是練習一下吧？

「話說回來，法術發動的條件是什麼？」

「咦？」

當我看著其他方向思索練習的事情之際，師團長的下一波攻勢就來了。
我不禁轉頭反問回去，他則把同樣的問題又重述一遍。
條件……條件嗎？
叫我講出來？
這太難了。
「呃……」
「…………」
在我煩惱該如何回答的時候，依然能感覺到師團長緊迫逼人的視線。
柯琳娜女士給我看的「藥師大人」的日記中，也沒有記載法術的發動條件。
如果有提到一點蛛絲馬跡的話，我現在就能拿來搪塞過去了！
「是難以啟齒的內容嗎？」
「唔……」
我的眼神左右游移，不斷思考著，這時師團長發動了追擊。
見到我語塞的模樣，他就理解似的點點頭。
「這樣啊，所以是難以啟齒的內容。」
「唔唔……」

「不過也沒關係，這次就到此為止吧。」
「咦？」
我明明知道這麼做等於不打自招，卻還是因為發窘而再度移開視線。
結果師團長就相當乾脆地打住話題了。
我驚訝地睜大眼睛，他則微微一笑。
「真的沒關係嗎？」
「那妳願意回答嗎？」
「也不是……」
「妳用不著介懷，真的不需要勉強自己回答。」
看到他露出絕美的微笑，些許惡寒竄上了我的背脊。
這是為什麼？
與師團長的對話令我不寒而慄之際，耳邊就傳來了敲門聲。
師團長詢問對方身分後，答話的是團長。
我的心臟猛然一跳，因為正好談到與團長有關的話題。
「請進。」
「抱歉打擾你們研究。」

團長走進室內發現我也在場，眼睛便稍稍睜大了些。
通常看到桌上擺著草本茶和餅乾，應該會覺得是在休息，但之所以被認為是在做研究，或許該佩服師團長的研究精神吧。
「無妨，找我有什麼事呢？」
「啊，兩位要談公事的話，我就先失陪了。」
「不，妳也一起聽吧。討伐隊已經重新編制完畢了，所以我帶名單來這裡作確認。」
既然他們要談公事，我心想自己應該離開比較好，結果才起身到一半就被團長阻止了。
他說是來確認重新編制後的名單，難道還有其他事要說嗎？
我偏著頭不解，而團長則在師團長的示意下坐到了我的旁邊。
「這就是名單。」
「…………我也覺得這份名單沒問題。」
「謝謝，那就按這份名單執行吧。」
「聖小姐要不要也確認一下？」
師團長從團長手上接過編隊名單瀏覽一遍後，點了點頭。
我以為他確認完就沒事了，但不知為何還問我要不要看。
「咦？可以嗎？」

「沒關係，妳也確認一下吧。」

既然得到團長的同意，我便從師團長手上接過名單，而在看到內容後，我就猜到師團長建議我看看名單的原因了。

因為前往史萊姆森林的人員中也有第二騎士團的成員。

這樣啊，是那些人嗎……

在編隊名單裡看到認識的名字，我就想起那群總是幫我把書籍從王宮圖書室搬到研究所的人們。

請原諒我的視線有一瞬間飄向了遠方。

由於物理攻擊難以產生效果的史萊姆很多，這次配置了較多的魔導師。

倒不如說，能夠使用攻擊魔法的魔導師全配置過來了。

騎士人數也有微幅增加，所以比上次的陣仗還要大。

據團長所說，為了保護人數變多的魔導師，便增派了一些騎士。

當然，被選上的騎士們都以防禦力見長。

並不是所有人都被派去史萊姆森林。

從王都來的援軍除了史萊姆森林外，也有些人被派去其他森林討伐魔物。

因為人手增加，團長決定同時進行多方討伐。

這方面的部隊編制與平時不同，最多只配置一名能夠使用恢復魔法的魔導師，有的完全沒有配置。
沒有魔導師的組別似乎只能靠藥水撐下去了。
為保險起見，ＨＰ藥水應該要做得比平常更多吧？
「大量的史萊姆嗎？真是令人迫不及待呢。」
當我正在思考藥水的事情時，就聽到師團長這麼說道。
我從編隊名單中抬起頭，只見師團長露出了陶醉的表情。
這種表情我看過。
要出大事了。
雖然他在西邊森林克制住了，但這次或許會大解放也說不定。
拜託了，千萬別把整座森林連同史萊姆一起燒掉啊。
看到他的表情，我不由得在內心如此祈禱。

◆

與師團長他們談完後，我回到蒸餾室。

既然討伐隊已經重新編制完畢，代表幾天後就會出發去史萊姆森林吧。
必須準備好藥水和其他各種東西才行。我提起幹勁後，結果還沒動手就被柯琳娜女士抓走了。
我一踏進蒸餾室，柯琳娜女士看到我便招了招手。
我跟著她走到內側的房間，然後她把門關了起來。
看來是私下有話要說。
這樣想來，應該是要談祝福和師團長的事情吧？
畢竟她在藥草田的時候對師團長感到很好奇。
「請問怎麼了？」
「我想問一下那位人士的事。他似乎是從王都來的，究竟是什麼來頭？」
「那個有藏青色頭髮的男性嗎？」
「對，就是他，那個長得非常漂亮的人。你們看起來應該是認識的吧？」
「是的。他是德勒韋思大人，擔任宮廷魔導師團的師團長。」
「宮廷魔導師團？怪不得……」
柯琳娜女士果然是想打聽師團長的事情。
我回答他是宮廷魔導師團的師團長，她就心領神會地點點頭。

再進一步細聽過後，內容與我想的一樣。
師團長指出藥草田的土壤蘊含魔法一事，確實讓她很在意。
在那個當下，她原本還擔心是不是我說溜了嘴，但後來與師團長稍聊幾句，她便覺得應該不是如此。
「妳沒有跟他透露任何細節吧？」
「是的，我知道祝福是這個領地的機密事項。」
「謝謝妳，我只是慎重起見才跟妳確認一下。」
「您有自己的立場，這也是沒辦法的事。」
「真的很抱歉，我還有一瞬間懷疑是不是妳說出去的，實在汗顏。不過，和那位人士談過之後就……」
柯琳娜女士露出苦笑，大概是回想起與師團長的談話內容。
當時，師團長看似被挑起興致，講了很多關於魔力的專業知識。
在我眼中，柯琳娜女士同樣興味盎然地聊得很起勁，但師團長講的事情似乎連她也感到艱澀難懂。
畢竟我還因為聽不太懂他們聊的話題，途中就放棄繼續聽下去，把注意力集中到發動法術上。

「但是，他這樣的人倒有點棘手。就算我們什麼都不說，感覺他也能自己找到真相。」

「這很有可能呢。」

我相信師團長辦得到。

過去為了舉行「聖女召喚儀式」，師團長查閱過許多關於「聖女」的資料。

想必他也知道克勞斯納領出過「聖女」吧。

而這次在施展過「聖女」的法術後，他察覺到土壤寄宿著魔力。

一旦知道其他地區種不起來的藥草能夠在克勞斯納領培育，他理應會懷疑這與「聖女」有關。

由此將種種跡象串聯起來，進而推論出克勞斯納領所傳頌的「藥師大人」就是「聖女」，對他來說應該不難。

我是因為得到了「藥師大人」的日記這個線索才能想到，但優秀如師團長大概不需要線索吧。

觀察當地的現象，藉此推論出正確解答。

熱衷於魔法研究的師團長感覺連這段過程都會樂在其中。

咦？

「怎麼啦？」

「沒什麼，只是突然覺得有哪裡怪怪的……」

剛才那股怪異感是什麼呢？

不過，我再怎麼思索也無法釐清。

或許之後就會想到了也說不定？

總之，現在就先作好迎接下次出征的準備吧。

祝福和師團長的事情就談到這裡，我轉而去製作藥水。

回到隔壁的工作室，我一邊與柯琳娜女士討論，一邊決定要準備的藥水種類及數量。

找出放在蒸餾室的帳簿確認庫存，我發現製作ＭＰ藥水所需的藥草不太足夠。

雖然有點傷腦筋，但和柯琳娜女士談過後，我們決定向領都的批發商購入。

目前還沒見到黑色沼澤的蹤影，不過我和團長他們一致認為應該就在史萊姆森林裡。

由此判斷討伐戰終於要進入最後階段，因此得出不必再省藥水的結論。

我們也有考慮到沒在史萊姆森林找到黑色沼澤的情況，所以會從鄰近城鎮把追加的藥草運送到領都。

因為要大規模搬遷領地內的藥草，這部分的程序就交給領主處理。

基於種種原由，有很多事情必須作準備，於是也請蒸餾室的藥師們幫忙。

柯琳娜女士一個接一個地向藥師們下指令，蒸餾室頓時充滿了忙亂的氛圍。

有去聯絡領主的人、有去藥草倉庫的人、有去準備藥水製作器具的人，眾人紛紛匆忙地動了起來。

我負責準備器具，這樣才能一備齊材料就立即開始製作。

過沒多久，去倉庫的人們把藥草帶回來了。

「謝謝大家的幫忙。」

「倉庫還有藥草，妳就盡量做吧，這樣才能騰出放材料的空間。」

「好的。」

我向幫忙拿材料的藥師們道謝後，他們便立刻折回去了。

這次要做的藥水非常多，放材料的地方大概很快就會被擺滿。

我也不能鬆懈下來。

捲起袖子後，我把藥草丟進預先準備好的大鍋子裡。

攪拌著鍋內液體時，背後傳來了喧鬧聲。

我轉過頭，看到除了藥師們以外，傭兵們也幫忙把藥草拿了過來。

「嗨！」

「你好，萊昂先生。怎麼你們也來了？」

「哦，我剛才看到長得很像文官的人抱著大箱子，一問之下才知道是藥草。我們總是受到這裡的藥水幫助嘛，所以就決定來幫忙了。」

「謝謝你們。」

萊昂先生也出現在傭兵團中，見到我便舉起一隻手跟我打招呼。

當我邊做藥水邊跟他交談之際，裝有藥草的木箱也相繼在牆邊堆積起來。

要是不做得快一點，會不會就沒地方放箱子了？

我稍微加緊手邊的動作，接著萊昂先生又對我說話了。

「話說回來，這次的數量真驚人啊，平常不會做這麼多吧？」

「對，畢竟騎士團的人數也增加了，而且下次的討伐戰比較特別一點。」

「哦，史萊姆嗎？」

「你也聽說了嗎？」

「嗯，我好歹也是傭兵團的團長嘛，領主把詳細情況都告訴我了。」

「原來如此。」

這麼一說也是。

萊昂先生統御整個克勞斯納領的傭兵，不可能沒聽說過史萊姆的事。

「妳也會去討伐史萊姆嗎？」

「會呀，我算是會使用攻擊魔法吧？」

「為什麼要歪著頭說啊？」
「沒有啦，因為使用的是有點特殊的法術。」
「哦～」
雖然把「聖女」的法術說成攻擊魔法好像不太恰當，但對魔物確實有效，所以應該沒說錯吧？
也許是一邊想著這種事情一邊講話的緣故，不小心就變成微妙的疑問語氣。
萊昂先生立刻吐槽了，但看到我語帶含糊後，他似乎體察到我有許多苦衷。
「讓魔導師來討伐史萊姆確實比較有效率。」
「對呀，因為物理攻擊好像沒什麼作用。」
「那麼，同行的騎士就是負責擔任護衛了吧？」
萊昂先生的推測沒錯，前往史萊姆森林的騎士要負責保護魔導師。
不過，騎士團的相關編制內容不該由我來告訴萊昂先生，所以我模稜兩可地笑著帶過。
而萊昂先生好像不在意我沒回答問題，他雙臂環胸，陷入了沉思。
他在想什麼呢？
我不由得有點好奇，呆呆地望著他。
一會兒後，他抬起原本低垂的頭，看到我停下的手便開口說：

「妳的手停下來了哦。」

「咦？」

「不趕快做完的話，後面不就塞住了嗎？」

經他這麼一說，我看向放材料的地方，發現箱子堆得比剛才還要多。

差不多快沒地方放箱子了。

糟糕，我得盡快做完才行。

於是，在我連忙動手製作之際，萊昂先生就離開蒸餾室去搬下一個箱子。

到頭來，我還是沒能問到萊昂先生在想什麼，等我知道的時候，已經是出發去史萊姆森林的那一天了。

第四幕　再戰

「聖小姐，早安！」

「啊，愛良妹妹，早呀。」

今天終於要出發去史萊姆森林了。

我按照慣例前往廣場，結果愛良妹妹在途中向我打了聲招呼。

循著聲音看過去，就看到她小跑步過來的模樣。

我停住腳步等她追上來，接著再次邁開步伐。

「我們今天同一組呢。」

「就是說呀。」

她高興地笑著，我也回以笑容。

雖然有過幾次討伐魔物的經驗，但這是第一次和愛良妹妹一起去，我不禁開心了起來。

這次前往史萊姆森林的宮廷魔導師全都會使用攻擊魔法。

愛良妹妹除了聖屬性魔法以外，還會使用水屬性魔法和風屬性魔法，所以我們就被編在同一組了。

「妳今天也會參與攻擊嗎？」

「是的，我會視情況參與攻擊。」

「視情況？」

「能夠使用聖屬性魔法的好像只有我和妳而已，預計上我主要會負責後勤支援。」

「奇怪？聖屬性魔法的話，德勒韋思大人應該也會吧？」

「前輩他們說，師團長恐怕不會參與後勤支援……」

「哦……」

愛良妹妹苦笑著說道，而我也能夠理解。

師團長之前去王都西邊森林時，幾乎都在進行攻擊。

只要使用範圍型魔法的話，我一個人就能負責所有的後勤支援，但MP的消耗量會成為一大問題吧。

還是和愛良妹妹一起支援前線比較好。

我邊想邊走著，然後就抵達廣場了。

要前往其他地點的人們也在廣場上，一大早就鬧哄哄的。

集合方式似乎是以目的地來作區分，我和愛良妹妹便一起尋找同組成員的集合地點。

我環視周遭，在人群中發現了長袍人的集團。
他們是宮廷魔導師。
那邊的人都是要去史萊姆森林的吧。
「愛良妹妹，應該是那邊吧？」
「啊，的確是呢。」
我向愛良妹妹說了一聲後，往那邊走過去，接著就在騎士群之中看見萊昂先生的身影。
仔細一瞧，還有幾名傭兵。
咦？為什麼？
我偏著頭走近他們，而萊昂先生也發現我來了，向我舉起了一隻手。
看到他的動作，旁邊的人們也注意到我們這邊。
「「「早安，聖小姐！」」」
「啊，早安……」
真厲害。
剛才的聲音竟然完全整齊劃一。
而且聲音大小一致，讓我有點驚訝。
被嚇到的並非只有我而已。

他們身邊的萊昂先生、傭兵們以及愛良妹妹全都一臉訝然。
同時燦笑著大聲跟我打招呼的，想必是第二騎士團的成員吧。
畢竟那些人我都有印象。
暫且不說這個，我更好奇萊昂先生他們怎麼也在這裡。
記得騎士團和傭兵團基本上是分頭行動的……
「早安，萊昂先生。」
「嗨……早安。」
「講話輕鬆一點沒關係，我反而比較喜歡這樣。」
萊昂先生原本打算用平常的方式打招呼，但一注意到周圍的視線便改口了。
第二騎士團成員的眼神尖銳了起來，於是我搬出之前也用過的說詞，他們的眼神才變緩和一點。
「對了，你們怎麼也在這裡？」
「我們今天也要參加啊。」
「是這樣嗎？」
我感到疑惑，一聽之下，原來是領主委託萊昂先生和我們這組同行。
史萊姆森林本來有許多珍貴的野生藥草，是克勞斯納領最廣闊的採集地點。

得知這樣的地方在史萊姆的摧殘下幾近毀滅，領主便決定派萊昂先生他們過來。
正因為是很重要的地方，所以領主希望可以派了解森林過去樣貌的人來代替自己實地查訪狀況。
騎士團和傭兵團之間也有合作上的問題，直到昨天晚上才確定萊昂先生他們會參加。
原先只有萊昂先生一人參加，但他要求帶上幾名傭兵後，雙方發生一點爭執，導致事情確定得比較晚。
畢竟騎士團內部也曾為了誰要去史萊姆森林而爭吵過。
要再編入新成員的話，不難想像會因此吵得更凶。
團長，真是辛苦您了。
「早啊，聖。」
「聖小姐，早安。」
當我正在和萊昂先生說話之際，團長和師團長就過來會合了。
這兩人站在一起，耀眼度也倍增了呢。
還刺眼到我稍微瞇起了眼睛。
我和愛良妹妹一起跟他們打招呼後，師團長看著萊昂先生偏起頭。
「這位是？」

「這是萊昂哈特先生，負責統領克勞斯納領的傭兵團。」
「幸會，我叫做萊昂哈特。」
「他們傭兵團今天也會跟我們同行。」
我將萊昂先生介紹給師團長，團長就補了一句今天的預定計畫。
師團長理解了有生面孔在的原因後，便露出友善的微笑，並優雅地頷首。
「幸會，我叫做尤利·德勒韋思，是宮廷魔導師團的師團長。」
「唔！今天就萬事拜託了。」
「好的。」
聽到師團長的自我介紹，萊昂先生瞪大了眼睛。
傭兵們不知為何也一副慌張的模樣。
他們所有人擺正姿勢，筆直不動地定在原地。
是因為師團長在王宮中也屬於地位相當高的人物嗎？
咦？那團長不也是嗎？
他們第一次見到團長時難道也是這副模樣？
儘管我想不通，但這個疑問還滿快就得到解決了。
等團長和師團長離開之後，一名傭兵就小聲嘟囔了一句。

「那就是灰燼惡魔嗎？」
「喂！」
「惡魔？」
「啊，剛才那句話妳可別說出去哦。」
「怎麼回事？」
惡魔這個稱呼還真是不得了。
我一時好奇就追問下去，萊昂先生則壓低嗓音，在避免旁人聽到的情況下告訴我來由。
聽萊昂先生說，灰燼惡魔指的就是師團長。
他以前曾在大型魔物討伐行動中把周邊一帶燒個精光，所以被取了這個外號。
那次的討伐戰有幾支傭兵團參加，師團長當時的模樣在傭兵們之間流傳討論，紛紛產生敬畏之意。
大規模火屬性魔法在眼前熊熊燃起，而師團長站在熱氣蒸騰的現場，火光照耀著那張露出明麗微笑的臉龐。
最後只留下一片灰色的世界。
「這外號取得好貼切呢。」
「對吧？」

按照描述的內容想像一遍後，我能理解想把師團長稱為惡魔的心情。

他在西邊森林也有很多火爆發言，但都僅止於嘴上講講，並沒有付諸實行，可能是因為他姑且有在克制自己吧。

畢竟西邊森林完好無損。

「怎麼了？表情這麼奇怪。」

「沒什麼，我只是希望他這次也能克制住自己。」

「克制？」

「我怕森林會遭殃……」

「惡夢重演嗎？拜託不要啊。」

聽到我這麼說，萊昂先生的臉色難看了起來。

然而，我的確有一點擔心。

西邊森林雖然出現過黑色沼澤，但不過是魔物變多而已，沒有對森林造成多少傷害。

因此，師團長當時施展的魔法可能都有挑過，避免傷及森林。

相形之下，史萊姆森林前面的部分暫且不談，內部有許多遭到史萊姆侵蝕的枯樹，失去了森林該有的樣貌。

師團長見狀，說不定會一副反正森林已經不存在了的模樣，肆無忌憚地施展魔法——這是在我心頭掠過的一抹不安。

萊昂先生說不想看到惡夢重演，我也贊成。

即使史萊姆再怎麼把森林破壞到近乎滅亡的狀態，都要盡力阻止更嚴重的災情發生。

而且可能還有勉強倖存下來的藥草。

按照計畫，我會和師團長搭同一輛馬車前往史萊姆森林。

在馬車上拜託他千萬要克制一點好了。

就這麼辦吧。

從萊昂先生那邊得知令人憂心的事情後，我立下新的決意，朝馬車走去。

◆

「請問怎麼了？」

「沒事……就是覺得你的體格很好。」

「謝謝您的讚美！」

看著身材高大到需要仰頭才能對視的騎士，我坦白說出內心想法後，他就對我回以滿臉的燦笑。

儘管我不覺得自己有說什麼值得他感謝的話，但周圍幾名騎士看到那名在跟我說話的騎士後，都露出類似羨慕的神情。

不過，那些人的體格也夠好的了。

第一次見到萊昂先生時，我也覺得他超大隻的，但現在這些騎士並沒有輸給他。

無論是身高還是厚度。

所謂厚度指的不是脂肪，而是肌肉的厚度。

就連絕對稱不上纖瘦的團長和他們站在一起都顯得單薄。

至於師團長就更不用說了。

團長之前說被選上的都是以防禦力見長的人，確定選的不是以肌肉見長的人嗎？

「妳喜歡壯漢啊？」

「咦？」

我不禁反問回去。

跟我說話的是萊昂先生，他和騎士一左一右地把我夾在中間。

「怎麼突然問這個？」

「因為妳看騎士看得很入迷啊。」

「不、不是啦，我只是看到身材這麼高大，覺得很稀奇而已。」

「是嗎？體格好的騎士到處都有吧？」

「今天找來的好像都是特別高大的騎士嘛。」

「是哦。」

我真的不是看肌肉看到入迷啦。

頂多是覺得，日本那邊的朋友應該會兩眼亮晶晶地感到很開心吧。

「怎麼啦？團長很在意『聖女』大人的喜好嗎？」

「哦，團長終於要迎接遲來的春天了嗎？」

「啥？你們在說什麼鬼啊？」

「畢竟你從之前就很在意『聖女』大人嘛～」

「你們這群傢伙……少在這裡胡說八道，給我好好警戒周遭啦！」

「團長生氣囉～」

「哇～」

我和萊昂先生聊到一半，同行的傭兵們也加入了對話。

與其說是加入對話，其實應該說是取笑萊昂先生比較正確。

傭兵團看起來感情非常好，萊昂先生即使太陽穴都冒出青筋了，也只是笑著隨口應和打發過去。

我們能像這樣邊聊天邊前進，都要多虧身邊的人相當優秀。
來到史萊姆森林之後的路程極為順利，行進速度也比上次還要快。
雖然人數比上次多也是原因之一，但這次有師團長在的因素占比較大。
「出現了！」
「出現了呢，『寒冰矛』。」
帶頭的傭兵一喊，同樣走在前面的師團長就沉著地回應並施展魔法。
粗厚的冰楔射中那種長得很像豬籠草的魔物，只用一擊就消滅了。
沒錯。
即使有魔物出現，靠師團長的攻擊三兩下就收拾掉了。
比如說，其他魔導師必須施展幾次魔法才能打倒的魔物，師團長一次就可以解決。
果然令人佩服。
雖然我一直擔心他波及到森林，但目前並沒有造成太嚴重的災情。
頂多就是沒擊中魔物的風屬性魔法把樹枝切斷而已。
可能是我在搭馬車來這裡的路上拜託過他，他施展魔法時似乎挑選過屬性。
「噢！超強的！」
「竟然一擊就把那傢伙打倒了耶。」

戰鬥在眾人擺出備戰姿態之前就結束，讓傭兵們紛紛發出讚嘆聲。

也由於他們平常沒什麼機會見識到魔法，更顯得師團長神乎其技。

我當初看到師團長一擊殺死魔物也忍不住鼓掌了。

相對之下，魔導師們的表情很複雜。

「那個，我們不用攻擊沒關係嗎？」

「嗯，雖然不太好就是了……」

完全沒事做，閒得發慌的愛良妹妹垂著八字眉，向旁邊的魔導師如此問道。

儘管嘴上說不太好，但魔導師們看起來沒有要阻止師團長的意思。

他們只是和愛良妹妹一樣垂下眉梢，臉上泛起苦笑。

就算阻止也沒用吧。

魔導師們之間隱隱飄蕩著一股放棄的氛圍。

「換作一般討伐的話，可沒辦法這麼輕鬆呢。」

「對啊，不過師團長在的時候都是這樣。」

「就是說啊，但西邊森林那次真的很危急。」

「當時連師團長都很吃不消的模樣呢。」

「畢竟憑一人之力能應付的數量有限，遇到大量來襲的魔物也只能束手無策。」

「即使魔物大量來襲，他也有辦法解決吧？」
「要是變成那樣，森林會全禿的。」
「「「唉……」」」
這對話真是令人不安。
魔導師們聯想到的畫面，該不會是傭兵們口中那次讓師團長被取外號的討伐戰吧？
不管怎樣，我懇切希望他別把森林燒到全禿。
就這樣走了一段路後，我們決定小憩片刻。
因為史萊姆差不多要出現了，才會在那之前先讓大家歇腳一下。
我們聚集在一處較為開闊的地方，各自開始休息。
有幾個人擔任守衛，他們似乎會輪流休息。
我原本想幫忙準備休息的用具，但身旁的騎士把折凳攤開，示意要我坐下。
其他人都還在忙著作準備耶，我先坐下沒關係嗎？
我才稍作猶豫，結果對方就伸出手要扶我坐下。
再站下去也無濟於事，我便放棄掙扎坐了下來。
「謝謝你。」
「不會！」

「那個，我還是去幫忙一下好了……」
「不不不！聖小姐請在這裡休息吧！其他事我們來做就行了！」
坐下來後，我向騎士這麼提議，他則朝氣蓬勃地這麼答道。
這個人毫無疑問是第二騎士團的成員吧？
看著這名雙眼煥發光采的騎士，我心中便如此想著。
是不是該跟他聊聊天比較好？
乾坐著不說話也怪尷尬的。
那麼，要說什麼好呢……
我環視周遭，看到團長正在和師團長及騎士們說話，好像還有得忙。
這時候，愛良妹妹恰好經過，我立刻喊了她一聲。
她雖然和我一樣感到猶豫，但身旁的魔導師似乎也催促她過去，於是她怯生生地往這邊靠近。
騎士幫忙準備好給她坐的折凳，因此我叫她別客氣，快來我旁邊坐下。
「辛苦了。」
「辛苦了。但其實我什麼都沒做就是了……」
「我也是呀，連恢復魔法都派不太上用場。」

「也沒有攻擊的機會。」
「畢竟魔物都被德勒韋思大人瞬間清掉了嘛，他真的很厲害呢。」
「就是說呀。」
和愛良妹妹待在一起後，也就沒有那麼尷尬了。
四周的人都在忙，只有自己在一旁乘涼會覺得很不好意思。
不過，有共犯在就可以減輕一點愧疚感。
儘管擅自把愛良妹妹當成共犯實在很對不起她就是了。
當我們小聲笑著聊天之際，聽到有人接近的腳步聲。
循著聲音看過去，發現師團長正往我們這邊走來。
才剛談到他，他就出現了。
「辛苦了。」
「辛苦了。」
師團長和團長談完事情後，似乎也打算一起在這裡休息。
我以為他會在旁邊坐下，結果他要我們把各自帶來的便攜型杯子給他。
儘管不解他要做什麼，我還是把杯子遞過去，就見他施法讓杯子裝滿水。
「請用。」

「謝謝。」

我道謝並接過杯子，往裡面一看，發現有冰塊漂浮在上頭。

這是結合水屬性與冰屬性魔法的特技嗎？

身體因為長途跋涉而燥熱不已，真的很感謝他的貼心。

師團長同樣也把水遞給愛良妹妹。

她誠惶誠恐地接過杯子，看到裡面有冰塊時吃了一驚。

雖說只是冰塊，但絕不能小看。

這個世界的冰塊相當珍貴，像師團長這樣隨手就變出來，一般都會被嚇到。

而愛良妹妹的想法似乎和我一樣，她詢問師團長是否也使用了冰屬性魔法。

總覺得很像宮廷魔導師……啊，她確實是宮廷魔導師。

「咦！只有水屬性而已嗎？」

「嗯，因為施法的時候想像著冰鎮的狀態，即可變出冰鎮過的水，善加利用這個訣竅就行了。」

「光憑想像就能讓水變成冰嗎？」

「沒錯哦，我試了一下能多冰，結果就變出冰凍狀態的水了。」

看來冰塊是用水屬性魔法變出來的。

愛良面露驚訝地一再詢問，而師團長則笑著這麼答道。
接著他忽然看向我，頭微微一傾，說出更令人震驚的事。
「我是看著『聖女』的法術想出這個法子的。」
「看著『聖女』的法術嗎？」
「是的。妳使用的明明是同一招法術，出現的效果卻不一樣，對吧？」
師團長指的應該是研究所那次和西邊森林那次吧？
如同他所說的，施展「聖女」的法術後，研究所那次是提高藥草效能，西邊森林那次則是淨化了黑色沼澤。
他確認似的如此問道，看到我點頭肯定後，便加深了笑意。
「雖然因為兩者差異過大，無法用火屬性魔法變出水，但改變水溫這點程度的事情好像沒問題。」
「所以就用水屬性魔法變出冰了嗎？」
「對，不過需要運用一定程度的魔力操作。」
魔力操作在這時候也出現了。
真是萬能啊，魔力操作。
如果能用水屬性魔法製作冰塊，那裘德和愛良妹妹應該也辦得到吧？

但不曉得師團長口中「一定程度」的魔力操作，究竟是哪種程度就是了。
不過，僅具備水屬性魔法技能的人是否能變出冰來，這一點師團長還沒有實驗過。
若是變出火、水和冰等比較單純的魔法，可以藉由想像讓顯現的現象更有彈性，但複雜的魔法就不好說了。
當我們在討論這件事的時候，團長也往這邊走來。
他懷裡揣著幾個袋子。
「「辛苦了。」」
彼此的問候聲重疊在一起，我們都噗哧一笑。
團長在我旁邊坐下，把手中的袋子遞給我。
「這是餅乾嗎？」
「對，之後可能沒辦法休息，趁現在填飽肚子比較好吧？」
「說得也是呢，謝謝。」
我還在想這個袋子有點眼熟，原來是我做來當便攜食品的迷迭香核桃餅。
團長也將袋子發給愛良妹妹、師團長和附近的騎士。
等師團長在對面坐下後，大家便打開袋子吃了起來。
我跟在大家後面打開袋子，一股迷迭香的淡淡香氣就撲鼻而來。

「這是聖小姐做的嗎？」
「對，是我做的。其實這個餅乾不太甜，希望合妳的口味。」
「真厲害！那我開動了！」
愛良妹妹拿起一塊餅乾放進口中。
我把餅乾做得比較小塊，所以愛良妹妹也有辦法一口吃掉。
見到她吃完後露出笑容，我微微鬆了口氣。
「好久沒吃到聖小姐做的東西了。」
「我也是，沒辦法像在王都的時候那麼常吃。」
「霍克團長也是？你不是跟聖小姐一起待在這裡嗎？」
「來這裡之後只吃過兩、三次，畢竟不能太頻繁借用城堡的廚房。」
「這麼說也沒錯。」
說完這些後，團長和師團長也將餅乾放入口中。
之前試吃過的團長，一如既往地吃得津津有味的樣子。
姑且不談不喜歡吃甜食的團長，這個餅乾合師團長的口味嗎？
既然師團長喜歡吃甜食，會不會覺得不太滿意？
身為製作者當然很好奇他的反應。

「請問怎麼樣？」

「雖然甜度較低，但考慮到這是正餐，倒也沒什麼不好。藥草和核桃的香氣也有達到畫龍點睛的效果，我覺得很好吃。」

看到師團長吞下去後，我抓緊機會問道。

儘管我不太有自信，但幸好評價比想像中還要高。

也許是出於研究者的性情，師團長在發表感想時用詞直接，不太拐彎抹角。

我後來確認了一下，其他人對餅乾的評價也很好。

很多人希望以後出征都可以帶這個餅乾作為便攜食品，因此我決定回王都後再作調整。

藥水就算了，總不能連便攜食品都在研究所裡面做，我想應該要委外製作了。

團長說，回到王都會跟所長談看看。

於是，等到所有人都休息完畢，我們再次啟程深入森林。

◆

一路朝森林內部前進，終於抵達史萊姆出沒的區域。

史萊姆開始來襲後，宮廷魔導師們也能夠參與攻擊了。

「『水之障壁』！」

一道水牆出現，用來擋住史萊姆吐出的毒液。

施法時間剛剛好，水牆完美地擋下毒液，在牆面消失的同時，傭兵揮下一劍，把史萊姆趕到後方。

「小姑娘，謝啦！」

這時再由其他魔導師施展攻擊魔法補上一擊，這場戰鬥就結束了。

「嗯！」

詠唱「水之障壁」的是愛良妹妹。

一名傭兵擋在魔導師們和史萊姆中間阻擋史萊姆的攻擊，而他向愛良妹妹道謝後，她也帶著笑容回應。

雖然是臨場發揮，但大家合作無間。

是說，時間差不多了。

「『範圍防護』。」

「哦！是輔助魔法嗎！」

「『聖女』大人，非常謝謝您！」

「不用謝啦。」

對自己施展的輔助魔法效果消失了，於是我再施展一次。

在遊戲中，效果時間會顯示在畫面上，很容易推出該重新施法的時間點，但這個世界沒有那種便利的標示。

無可奈何之下，我只好對自己施展魔法，藉此計算時機。

除了計算時機之外，也考慮到人數眾多，我便施展範圍型的輔助魔法，自然而然連傭兵們也獲得了效果。

傭兵們不同於騎士和魔導師，很多人都是第一次被施予輔助魔法。

有些人每次都會道謝，「聖女大人」這個稱呼起初總會令我感到不自在，但也差不多逐漸習慣了。

「史萊姆的數量增加了。」

「對呀，再過不久就會走到前陣子去過的地方了。」

「接下來就是關鍵之戰了吧？」

聽到團長說關鍵之戰，我點了點頭，然後看向不遠處的師團長。

察覺到視線的師團長偏起頭，我則搖搖頭表示沒事。

再往前走一下子，就會到達上次撤退的地點。

現在也存在著大量的史萊姆嗎？

應該不用懷疑吧。

想起上次出現的大量史萊姆，我不禁覺得厭煩。

即使魔導師的人數增加，但用一般攻擊魔法可能無法澈底消滅掉那些東西。

接下來使用範圍攻擊魔法會比較有效吧。

看來不能再要求師團長克制自己了。

綠意已經愈來愈少，變成荒涼寂寥的景色。

往下一看，也找不到藥草的蹤影。

而且說來說去，人命還是比藥草重要。

真要有個萬一，比起目前還需要花一段時間才能發動的「聖女」法術，師團長的魔法還是發動得更快。

至少可以保住前半的森林，也只能妥協了。

我在心中嘆口氣，再度邁步前往森林深處。

「可惡！未免也太多了吧！」

「保持隊形！傭兵團也是！」

「好！包在我們身上！」

一如預期，來到上次撤退的地點後，大量史萊姆同時跑了出來。

騎士和傭兵在前方排列成半圓狀，將我和魔導師們包圍起來，魔導師們則在後方施放好幾種攻擊魔法。

縱使物理攻擊不怎麼有效，騎士們依舊揮劍攻擊，除了多少能造成一點傷害，還可以牽制住敵人。

此外，他們是名副其實地捨身阻擋史萊姆吐出的液體，避免後方的我們遭到波及。

儘管能用恢復魔法復原傷口和異常狀態，但該痛的還是會痛。

事實上，受到史萊姆攻擊的騎士們就痛到皺起眉頭了。

看到騎士們的模樣，我感到於心不忍的同時，也一個勁地施展著恢復魔法。

「聖！」

「霍克大人！」

當我在為陷入異常狀態的騎士詠唱恢復魔法時，一隻史萊姆從天而降。

我才剛發動完魔法而有些鬆懈下來，來不及作出反應。

團長立刻推開我，讓我躲掉危機，但他則代為承受了攻擊。

落下來的史萊姆巴附住團長右手，開始融解那隻手。

魔力從我的心胸深處翻湧而起。

然而，一隻手彷彿要制止似的放到我的肩上。

「慢著，還不可以哦。」
「德勒韋思大人！」
「『烈焰箭』。」
我回頭一看，發現是師團長。
他施放的火焰箭矢正中史萊姆，大概是攻擊起了效果，只見史萊姆放開團長的手，沉甸甸地掉落到地上。
緊接著，他詠唱起下一個魔法，將史萊姆給消滅。
「謝謝，得救了。」
「不用謝。來，聖小姐，施展恢復魔法吧。」
「好、好的，『治癒』！」
「謝謝。」
在師團長的催促下，我才連忙替團長進行療傷。
看到變紅的肌膚恢復原狀，沒有任何一絲傷痕，我才吐出憋住的氣息。
「聖小姐。」
「是？」
「史萊姆似乎太多了，妳拜託的那件事……」

「是指我請您不要在森林製造出太大災情的事吧？」

「對。」

「我明白了。」

吐完氣之後，師團長就這麼朝我說道。

我看向師團長，他也罕見地微微垂下眉梢，臉上浮現看似傷腦筋的笑容。

在抵達黑色沼澤前要極力避免使用「聖女」的法術，這是出發前就決定好的。

畢竟，「聖女」法術的ＭＰ消耗量很大。

而且隨著效果範圍愈大，ＭＰ的消耗量也愈多。

由於當前物資有限，最好別在不確定黑色沼澤多大的情況下，還對魔物連續施展法術。

師團長剛才之所以阻止我，應該也是認為對一隻史萊姆發動法術實在太浪費。

如果要盡量避免對魔物使用「聖女」的法術，那就只能依靠師團長了。

因為師團長也能使用範圍攻擊魔法。

只不過因為是範圍攻擊，免不了會對森林造成危害。

儘管我還是有點顧慮，但這種情況下還要求師團長別用範圍攻擊魔法，未免太過任性。

所以，我決定不再要求師團長克制自己了。

我同意師團長後，前往森林深處的速度變得更快了。

就算出現大量史萊姆，師團長也會在一開始先施放範圍攻擊魔法，藉此就能同時對所有敵人造成傷害。

若有魔物沒被第一發魔法給消滅掉，其他魔導師便會持續施放魔法進行追擊，接連不斷地打倒敵人。

多虧如此，不僅騎士和傭兵們受傷和陷入異常狀態的頻率降低，我的ＭＰ消耗量也跟著減少了。

我不由得對剛才拚命忍受史萊姆攻擊的騎士和傭兵們感到非常抱歉。

早知如此，應該在進入史萊姆出沒的區域後，就立即讓師團長使用範圍魔法才是……

隨著愈往深處前進，史萊姆出現的數量也直線攀升，就在終於演變成史萊姆池塘之際，我們總算找到黑色沼澤了。

沼澤的所在地只生長著稀疏的枯樹，比王都西邊森林那時候更加廣闊。

已經可以說是湖泊了吧？

我不禁啞然失聲，但能夠停下來注視的片刻稍縱即逝。

如同王都西邊森林那時候，史萊姆紛紛從沼澤冒出來，對付起來不再那麼輕鬆了。

「快擋住牠們！」

「使用障壁型魔法！」

「「『冰之障壁』。」」「「「『土之障壁』。」」」

以團長為首，魔導師們也接連詠唱起魔法，從地面生出冰牆和土牆。

史萊姆從壁面兩側往我們這裡過來，而騎士和傭兵們則用劍把牠們砍下來頂回去。

眾人就這樣逐步逼近沼澤，但到了一定距離便完全停滯住，因為史萊姆的攻勢變得更加激烈了。

雖然我想要施展「聖女」的法術來淨化黑色沼澤，然而不再往前一點的話，可能會因為效果範圍太大而導致ＭＰ不夠用。

「聖小姐，從這個位置有辦法淨化黑色沼澤嗎？」

「我覺得再靠近一點比較好。」

「那麼，我會清掉史萊姆，然後一口氣衝過去吧。」

儘管我先前就不再要求師團長克制住自己，但看來他施展魔法時還是有衡量過。

見到師團長接下來施放的魔法，我便這麼想。

「『煉獄』。」

師團長發動魔法後，大範圍的地面一舉噴出了火焰。

與此同時，其他魔導師連忙詠唱「水之障壁」和「冰之障壁」，在我們面前築起一道道水牆和冰牆。

我懂了，是為了緩和吹來這邊的熱風吧。

「噢，好厲害啊！」

「這就是灰燼惡魔的真本領嗎？」

「好久沒看到師團長的火屬性最上級魔法了。」

「現在可不是佩服的時候，我們得趁此機會前進啊。」

「好，接下來用水屬性和冰屬性魔法冷卻地面吧。」

繼師團長之後，魔導師們跟著施展水屬性和冰屬性魔法，在射向殘存的史萊姆的同時，也讓地面冷卻下來。

一旦周圍被水蒸氣籠罩住，其他魔導師便施展風屬性魔法吹散以確保視野。

從這裡開始一口氣衝過去，而在重新整隊後，我集中精神準備發動「聖女」的法術。

不久後，我感覺到心胸深處湧現魔力。

湧出來的魔力宛如金色湍流，從腳下延伸到沼澤那邊。

接著在枯樹之間瀰漫擴散，不留一絲空隙。

史萊姆一觸及魔力便遭到淨化，化為黑色薄霧消散而去。

然而，黑色薄霧似乎與魔力相斥，擴散速度變得有點慢。

還要更廣更遠，直到把整座沼澤都覆蓋住。

我雙手交握於胸前，以祈禱的姿勢想像著黑色薄霧被沖走的模樣，一邊擴散魔力。
希望能把魔物和沼澤全都淨化掉。
心中懷著這樣的願望，在金色薄霧覆蓋住整座沼澤之際，我發動了「聖女」的法術。
受到魔力籠罩的區域在閃耀，湧現的黑色薄霧伴隨著淨化被光芒完全覆蓋，然後逐漸消散而去。
光芒綻開，黑色薄霧盡數消失後，閃閃發亮的金色粒子從空中飄然降落。
「「「……」」」
所有人都是啞然失語的模樣，愣愣看著這幅情景。
之後只殘留下枯樹與光禿的地面。

第五幕　再生

順利淨化掉黑色沼澤後，我們回到離史萊姆森林最近的村莊。

這次一路走到了黑色沼澤的所在地，回到村子時已經接近日落時分。

我們預計在這裡住兩晚，等一切準備就緒便啟程回領都。

由於黑色沼澤消失的緣故，回程時的魔物比來的時候更少。

每個人都有完成一樁大工程的成就感，所以回去的路上有點熱鬧。

每次休息時，大家就會針對師團長的範圍攻擊魔法以及我的「聖女」法術，七嘴八舌地發表各自的感想。

尤其是第一次近距離看到「聖女」法術的第二騎士團成員。

不知該怎麼形容才好，他們變得更崇拜「聖女」，感覺快要對我膜拜起來了。

算我求求你們，千萬別膜拜我啊。

就這樣，一路上都是和樂融融的氣氛，但我的內心仍有罣礙。

淨化黑色沼澤後所看到的景象，始終在我心頭揮之不去。

雖然枯樹隨著深入森林而不斷增加，但黑色沼澤周邊就連枯樹都顯得稀稀落落。
黑色沼澤消失後，只看見枯樹及光禿禿的地面，簡直淒涼至極。
聽說森林深處從前生長著許多稀有藥草，理應是更加綠意盎然的地方。
眼前的景象與想像中的實在落差太大，我不由得感到很揪心。
黑色沼澤已經消失了，因此再也不會湧出大量史萊姆。
只要耐心等待，應該就會恢復成昔日充滿綠意的地方吧。
雖然這是我一廂情願的猜測，但說不定有朝一日也會再次生長出珍貴的藥草。
儘管如此，儘管如此……
「怎麼了？」
聽到有人跟我說話，我便恍然回神。
循著聲音看過去，就和一臉擔心的團長對上視線了。
「沒什麼……只是想了一下事情。」
「這樣啊？妳要是累了，還是早點回房歇息吧。」
「謝謝您的關心。」
我裝作沒事地搖搖頭，團長這才放鬆了表情。
實在不該讓他為我擔心。

總之先盡情享受眼前的宴席吧。

正式的宴席預計回到領都才會舉辦，但我們決定以慶祝今天圓滿收場為名，先辦一場慶功宴。

由於這裡是村莊，沒有大型旅館和餐廳，雖說是宴席，也只是在外面圍著篝火簡單地吃吃喝喝而已。

酒和餐點都是自己準備的。

不過，做餐點的時候我也有參加，所以我覺得應該還算講究。

傭兵們在回程上幫忙籌措肉類也占了很大的因素。

辛苦得到了回報，大家對餐點的評價非常好。

「聖？」

「啊……抱歉。」

剛才被團長喊回神之後，我便試圖盡量把注意力集中在宴席上，但果然還是很在意森林的事。

結果一不注意又恍神，讓團長喊了第二次。

或許是喝了酒的關係，總是不小心陷入沉思中。

肚子也飽了，今天就到此為止吧。

「不好意思，那我就承蒙好意，先回房間去了。」
「好，我送妳回房吧。」
「那就麻煩您了。」
「這沒什麼。」
雖然說結束，但精力旺盛的騎士們和傭兵們看起來都還沒喝夠。
要是宴席因為我而提前結束會讓我很過意不去，所以我打算自己一人先回房間。
把這件事告訴團長後，他就說要送我回房。
因為是騎士的緣故嗎？
從這裡到我的房間有一點距離。
這裡不同於日本，一片漆黑的夜路相當可怕，儘管對團長很不好意思，我還是心懷感激地接受了他的提議。
前往房間的路上，我們兩人都沒說話。
可能是因為我在想事情吧。
然而，這樣的沉默並不會令人感到不舒服。
走到房間門口後，團長停下腳步轉回頭。
我一抬起頭，就看到他臉上和煦的表情。

「非常謝謝您送我回來。」
「別客氣。那麼，妳今天就好好睡一覺吧。」
「好的……那個。」
當我打算就這樣道聲晚安送走團長之際，我又叫住了他。
喊了一聲後，原本要轉過身的團長停住了腳步。
「嗯？怎麼了？」
「那個……我有個請求……」
儘管留住了他，我還是很猶豫該不該說出口。
不過，就這樣擱置不管實在讓我的內心非常不舒坦。
於是，我將我在宴席中想到的事情告訴團長。

隔天。
在人數遠比前一天還要少的情況下，我們再度來到史萊姆森林。
昨晚和團長討論過我所掛念的事情後，他同意讓我再來一趟。
然而，這是有許多附加條件的。
最後就是以這樣的人數成行。

「聖女」的法術以淨化魔物聞名。
但除此之外的效果幾乎沒有人知道。
原因是王宮高層想要隱匿起來，為此下達了封口令。
而我今天再次來到森林，就是要把「聖女」的法術用在淨化以外的目的上。
實際上，我並不確定能否成功。
所以我沒有把真正的目的告訴團長，只說想要利用「聖女」的法術作個嘗試。
儘管如此，團長還是察覺到我想要把「聖女」的法術用在其他目的上。
即使人數很少，我們還是很快就抵達目的地了。
眾人來到的區域是還殘留著雜草和枯樹的邊緣地帶。
從這裡再往前走一點的話，地面就會露出來。
就是這樣的地方。
「妳打算做什麼呢？」
「呃……總之，有點事。」
師團長用極度期待的眼神看著我。
由於今天同行的人員是少數精銳，師團長自然也在其中。
我還從師團長身上感受到天塌下來也要跟到底的意志，那應該不是錯覺吧？

畢竟和「聖女」的法術有關，他會這樣也是沒辦法的事。

在師團長的熱烈眼神注視下，我集中精神準備發動「聖女」的法術。

雖然那刺人的視線令我有點在意，但還是集中精神吧，專心、專心……

……

…………

…………………

「那個……」

「怎麼了？」

「也沒什麼……就是，您這樣盯著看會讓我分心……」

我還是被引開了注意力，沒辦法集中精神。

雖然我知道師團長很執著於「聖女」的法術，但盯成這樣實在無法不去在意。

過去在宮廷魔導師團的演習場練習魔法時，他也會盯著我看，但都沒有這次這麼專注。

「非常抱歉，因為我太想知道發動條件了。」

「呃！」

「如果能觀……見識聖小姐發動法術的模樣，或許就能看出一點苗頭。畢竟在研究上，光看現象就能明白的事情相當多。」

他剛才差點說出「觀察」這兩個字吧？

雖然他一副笑咪咪的模樣，但我可不會被糊弄過去哦！

之前問到發動條件時，他說過不會勉強我說出來，我還因此鬆了口氣，誰知道事情會變成今天這樣。

不對，其實我早就隱隱有所察覺了。

當時之所以會感覺到一股惡寒，大概是無意識地預想到會有今天這種情形吧。

我還自顧自地以為躲掉了，結果還是沒有躲過。

「若妳願意告訴我發動條件的話，那也是可以……」

「……不，請您繼續觀察吧。」

「謝謝。」

我屈服了。

終究還是屈服了。

和師團長獨處的時候都講不出口了，在團長面前更不可能。

刺著側臉的視線就靠意志忽略掉吧。

我為了切換心情而做一次深呼吸，再次集中精神發動法術。

臉龐似乎微微發熱，這一定是錯覺。

我慢慢回想過去至今與團長的回憶。
彷彿回溯時光一般，我從最近的事情一路往前回想，在想到初次相遇的場景時，魔力就從心胸深處輕柔地滿溢而出。
從我身上溢出來的金色魔力，宛如波浪似的湧進森林深處。
還不夠，再來……
換作平常，這樣的溢出量差不多可以發動法術了，但我要讓魔力繼續流出去。
盡可能流到更遠的地方……
然後，希望這片森林能夠重生。
我感到腦袋逐漸變沉重，就在身體快要傾倒之際，我發動了「聖女」的法術。
「什麼！」
「這是……！」
法術發動後，周邊一帶盡數被金色光芒淹沒。
與此同時，眼前的綠色地毯逐漸往遠方蔓延擴散。
枯樹的樹根處也冒出新芽，開始成長茁壯。
以快轉模式看到植物生長起來的模樣，宛如夢境一般不真實。
雖然沒辦法在不毛之地讓草生長，但似乎可以讓已經長出的草發育起來並蔓延出去。

能順利成功真是太好了……

我的記憶就到這裡。

腦中浮現非常想睡的念頭後，我的身子一傾，意識跌入黑暗。

◆

聽說我在史萊姆森林失去意識後，周圍的人都大驚失色。

幸好在場有師團長，很快就查出了我失去意識的原因。

我之所以失去意識，是因為ＭＰ消耗到極限，澈底枯竭的樣子。

因此在ＭＰ稍微恢復後，我就醒來了。

回過神後，我發現自己被團長抱了起來，頓時慌到不行。

畢竟一醒來就發現自己被人家公主抱耶！

當然會驚慌啊！

儘管我立刻要團長放我下來，但他遲遲不肯放，實在傷腦筋。

而且連師團長都帶著美麗的微笑說：「這是妳害大家擔心的懲罰。」我就沒辦法拿出太強硬的態度了。

結果在那之後的十分鐘左右，我都被團長抱著走路。

十分鐘就結束完全是因為我的精神不堪負荷。

在拚命拜託之下，他才把我放下來。

相對地，回到村莊後，他不許我做任何事情。

好像是要我好好休息。

隔天醒來時，回領都的準備已經都作好了。

由於是出於我個人的任性而沒幫上忙，我內心覺得過意不去，便很努力地製作路途中的餐點。

於是，在抵達領都之後，我、團長、師團長以及萊昂先生一起去回報黑色沼澤順利淨化掉一事。

領主從萊昂先生口中得知黑色沼澤周邊的情形，情緒果然有點低落的樣子。

我已經施展過「聖女」的法術，情況可能比萊昂先生當時看到的好一些吧。

不過這件事不能告訴領主，只好保持沉默了。

我同樣不能告訴在場的柯琳娜女士。

話雖如此，由於黑色沼澤被淨化掉了，魔物比以前少非常多。

我再去一次森林的時候也切身感受到這一點。

柯琳娜女士之後應該會實際走一遭森林確認情況吧。
我希望她能親眼看看森林屆時恢復到什麼程度。
向領主回報完畢後，後續要做的事情只剩返回王都了。
結果不出所料，領主要設宴感謝我們參與討伐魔物。
而且規模看來會遠比在史萊姆森林附近村莊所舉辦的那次還要盛大。
既然規模很大，代表會有非常多必須要做的準備工作吧？
「請問，我可以參與宴席的準備嗎？」
「準備嗎？」
「是的。能不能讓我幫忙準備餐點呢？」
我表示自己想參與宴席的準備後，領主就微微睜大了眼。
他會有這樣的反應也很正常。
套用這個國家的常識來看，「聖女」去下廚是非常不得了的事情。
然而，下廚對我來說可是很好的生活調劑。
「我是沒有意見……」
我做的料理據說在王都蔚為流行，而到這裡似乎也抓住了領主的胃。
來到克勞斯納領之後，我實際做過一次料理給領主他們吃，當時很受好評。

有機會再次吃到那樣的料理，讓領主也露出了興沖沖的模樣。
不過，他說到一半頓住，然後視線移到同席的團長身上。
大概是因為來自王都的人員都歸團長管吧。
我曾經在領主他們面前展現過廚藝，希望團長第二次也能睜一隻眼閉一隻眼。
只是切切蔬菜的話，烹飪技能應該發揮不了多少效果。
我不會從頭做到尾的，拜託讓我去吧。
於是我抱著這樣的心情，也看著團長。
團長露出有點為難的表情苦惱了一會兒，但最後看著我嘆了一口氣。
「我也沒意見。」
「謝謝！」
儘管團長語帶苦笑，不過還是順利取得理解了，我不禁在內心擺出勝利姿勢。
既然獲得了批准，向領主回報結束後，我立刻前往城堡的廚房。
領主似乎已經交代過廚師們，我一來到廚房，主廚就出來迎接我。
「您今天要做什麼呢？」
「不，我這次只打算來切切蔬菜。」
「這樣啊？」

「你們要做的料理都已經決定好了吧？」

我說自己只幫忙一些簡單的工作後，主廚便露出遺憾的表情。

不過，要準備的是今晚的宴席，照理說菜色早就都決定好了。

檯上那些處理過的蔬菜，應該也是今天的宴席要用的吧？

既然他們都已經開始準備料理了，我也不好意思強行更動菜色。

雖然我是這麼想的，但對主廚而言，少了一次學新菜的機會似乎更讓他覺得可惜。

聽到主廚客氣地表達遺憾之意，再加上周遭的廚師甚至用期待的眼神看著我，這下我也沒輒了。

我詢問今天預定要做的菜色，思考有哪些是可以更動或加以活用的。

幸好材料還有剩，應該可以追加一道菜。

我將材料和步驟告訴廚師們，請他們代為處理烹調，結果他們都笑著爽快答應了。

我要做的是小扁豆燉羔羊腿。

當我在切用來熬煮的紅蘿蔔和洋蔥等蔬菜時，一名出乎意料的人物來到了廚房。

「愛良妹妹？」

「我聽說聖小姐在這裡，所以就過來了。請讓我也來幫忙吧。」

向領主回報的時候師團長也在，她好像是從師團長那邊得知這件事的。

在獲得主廚的同意後，她便來到我身邊。
一聽之下，我才知道她在日本偶爾也會自己下廚。
她似乎是住在家裡和父母一起生活，但因為父母都有工作而自己做過便當。
「便當呀～好懷念哦，妳都放些什麼？」
「都是很簡單的菜色啦，像是炒蛋和炒德式香腸之類的。」
「即使是簡單的菜色，光是有心自己做就很了不起了。」
到底是宴席料理，要切的蔬菜非常多。
除了便當之外，我一邊和愛良妹妹熱絡地聊在日本吃過的食物，一邊努力切著菜。
只有我和她在說話，周圍的人們都沒有參與我們的話題。
是因為提到了一堆他們沒聽過的菜名嗎？
一起幫忙的廚師們雖然看起來很有興趣的模樣，但始終沉默地聽著。
備好材料後，移往下一個工程。
從這裡開始就要靠廚師們努力了。
要麻煩愛良妹妹也是可以，但就怕有個萬一。
儘管沒聽她說過，不過要是她的烹飪技能跟我一樣會產生驚人作用的話……
廚師根據指示，開始用平底鍋煎預先調味過的肉。

同時間，我請其他廚師用大鍋子炒切好的蔬菜。

兩邊都熟了之後，在炒蔬菜的鍋子裡加入小扁豆、肉，以及事先做好的肉汁清湯。

這次要放的辛香料有高良薑和神香草等，在日本比較少見。

不過，真不愧是藥師的聖地。

我是在蒸餾室裡找到的。

這些在製作藥水時發現可以當作辛香料的藥草，我已經跟柯琳娜女士打聽到獲取管道，以後就可以在王都訂購了。

「好久沒下廚了，好開心唷。」

「是呀，妳不介意的話，回王都後偶爾也一起下廚吧？」

「可以嗎？那就麻煩妳了！」

我提議回王都也可以一起下廚，愛良妹妹就燦笑地點點頭。

聽她說，她也很不滿意這個世界的飲食。

她很慶幸被召喚到這裡經過一陣子後，就開始能吃到美味的料理。

由於她在王宮受到無微不至的照顧，不太敢對端上桌的料理有怨言，一直在忍耐。

跟愛良妹妹聊到一半，主廚就來通知鍋子裡的料理煮好了。

我最後試了下味道覺得沒問題，這道燉菜便完成了。

剩下的盛盤作業就交給廚師們，我和愛良妹妹則離開了廚房。

◆

做完料理後，我離開廚房先回到房間，就看到以瑪麗小姐為首的侍女們正在等我。

由於是大型宴席，出席時的穿著必須符合「聖女」的身分。

什麼時候多了這件事？

聽說身分高貴的人會配合時間、地點和場合穿衣服，所以身為「聖女」的我也要換衣服才行。

而在換衣服前，還有紮紮實實的保養程序等著我。

像這種繁瑣的事情，我早就忘光光了。

瑪麗小姐對我說「請您更衣」的時候，我內心感到十分疲憊，但看到一旁待命的侍女們露出滿面笑容，我便決定聽話換衣服了。

畢竟她們真的笑得很開心嘛。

她們似乎覺得幫我打扮很好玩。

保養到一半時，侍女們還拜託我讓她們多打扮一點。

因為我平常習慣打理自己，導致侍女們都沒什麼工作。

我感到不太好意思，稍微反省了一下。

保養完畢後，她們又準備了一件新長袍。

明亮的黃綠色布料上，以深綠色絲線繡出蔓草紋樣，讓我想起在史萊姆森林施展過「聖女」的法術後，植物延展枝葉的模樣。

侍女們準備的不是禮服，由此可以感受到她們的體貼。

對不起，我真的很怕束衣。

「完成了。」

「您真漂亮。」

「就是說呀。」

「謝謝。」

傾注心血的作品完成後，侍女們紛紛讚美了起來。

身為一個不習慣受到誇獎的人，這實在令我非常害羞。

不過，要是謙虛地否定的話，感覺會變成在否定侍女們辛苦完成這一切的手藝，所以我只向她們說了謝謝。

聽說時間到了會有人來迎接，於是準備完成後，我就在房裡和侍女們閒聊打發時間。

不久，有人敲了房間的門。
雖然我早已猜到，但來迎接的果然是團長。
「妳今天也很漂亮……」
「哪有……您過獎了……」
團長瞇眼笑著讚美，而我無法直視他的臉龐，忍不住垂下視線看著腳邊。
都怪一時慌亂的緣故，不小心就謙虛地否定了。
我暗叫不妙，往侍女們看過去，結果發現她們的眼神都像是在看什麼令人會心一笑的事物似的，害我更驚慌了。
「那麼，我們走吧。」
「咦！好的。」
「請慢走。」
「啊，那我走了。」
我正感到不知所措，團長就低笑一聲，伸出了手臂。
一瞬間我還在想這是什麼意思，隨即察覺到是護送的動作，連忙將手搭上去。
之後，我們在優雅行禮的瑪麗小姐目送下離開了房間。

抵達城堡大廳，就看到許多騎士、宮廷魔導師和傭兵已經到場了。

長桌整齊排列在大廳裡面，桌上準備了大量餐點和酒。

當然，我和愛良妹妹一起做的燉菜也在其中。

我在團長的帶領之下前往大廳內側。

那裡擺著領主一家人所坐的長桌，領主正坐在中央的左側。

從中央往右的座位都空著，因此那應該是我們的座位吧。

師團長坐在最右側，他看到我們走進大廳後，便輕輕抬起了手。

在安排好的座位上坐定，等領主的致詞結束，宴會就開始了。

「聖小姐，我在此誠摯感謝妳這次為我們的領地如此傾力相助。」

「能幫上你們的忙我很高興。我也在這裡學到許多事物，真的非常感謝。」

我喝了一口銀製高腳杯裡的葡萄酒後，領主又再次向我道謝。

儘管我是來支援討伐戰的，但也在這個被稱為藥師聖地的地方學到許多關於藥草和藥水的知識，因此我內心同樣充滿了感激。

而且，雖然藥草的出貨量沒辦法立刻恢復，但聽說他們往後會優先批售給研究所。

好像都是我們在承蒙照顧，總覺得不太好意思。

團長因為常常從研究所買進藥水，所以很高興領主能夠這麼提議，也向領主道謝了。

當上座的人在討論今後的計畫時，其他人都嘖嘖讚嘆著餐點。
聽到此起彼落的稱讚聲，身為一個有去幫忙做菜的人，我總算放心了。
傭兵聚集的一帶發出了比四周都還要大的歡鬧聲。
「這就是王都流行的料理嗎？」
「欸，這個超好吃的耶。」
「啊，團長！你不要獨占啦！」
「少囉嗦！要怪就怪自己不吃快一點吧！」
循著熱鬧的聲音看過去，我就看到萊昂先生一個人抱著燉菜盤子的模樣。
我不禁輕笑出聲。
不是只有我被傭兵們的互動逗笑。
宮廷魔導師團的人也坐在附近，可以看到愛良妹妹正開心地笑著。
雖然加了獨特的辛香料，但目前看起來並沒有受到排斥的感覺，真是太好了。
一邊與領主他們暢談，一邊用完餐點後，我們就提早回房了。
因為身分地位高的人一直在場的話，其他人可能沒辦法盡情放開去享受。
姑且不談來自王都的人們，傭兵們看起來倒是不怎麼在意就是了。
不過，這麼想的只有我而已。

實際上在我們離開之後，場面的確變得更熱鬧活絡，這是第三騎士團的騎士們後來告訴我的。

由於宴會結束後過兩天就要回王都了，在退出大廳之際，交情不錯的傭兵們來向我表示惜別之意。

「真的承蒙妳照顧了。」

「不，我才要感謝您教我許多製藥方面的事情。」

兩天匆匆過去，從克勞斯納領啟程的日子到了。

出發前，我和團長一起去跟領主大人打聲招呼，而柯琳娜女士也來送行了。

而且不是只有她來送行而已。

從一大早就有很多人來為我們送行。

「要是沒有妳的話，做藥水可就辛苦了呢。」

「沒有這樣的事……」

「怎麼會沒有？也只有妳才能做出那種多到嚇死人的數量啊。妳知道要出動多少藥師才能做出相同的數量嗎？」

「哈哈哈哈。」

直到最後一刻，柯琳娜女士講話還是很有自己的風格。

我苦笑幾聲後，她招手示意我把耳朵湊過去。

我滿頭問號地把耳朵湊到她嘴邊，她則用周遭聽不到的聲音悄悄說道：

「除了藥水之外，藥草田的事我也很感謝妳，這下就能繼續種各種藥草了。」

「不瞞您說，其實我想要在王都的研究所種看看那種藥草。」

「真拿妳沒辦法，我之後會送種子過去的。」

「謝謝您！」

太好了！這樣就可以栽培需要祝福的藥草了。

而且她還願意把種子分給我，真是太感謝了。

我邊在心中擺出勝利姿勢邊向柯琳娜女士道謝，結果她就回了個夾雜著傻眼的笑容。

我們悄悄話講到一半，萊昂先生也來了。

他一如既往地舉起單手說了聲「嗨」，我也輕輕點頭回應。

「要回去了嗎？」

「是的。」

「路上小心啊。」

「謝謝，萊昂先生也要多保重。」

「嗯。不過，要是哪天不喜歡王都了就回來吧，我這裡很歡迎妳。」

「你在講什麼啊？與其去你那裡，還不如來我這裡呢。」
雖然我沒打算要辭掉王都研究所的工作，但假如有一天不得不辭掉的話，就改到蒸餾室工作吧？
這裡的生活真的很愉快，讓我不由得這麼想。
一想到這是最後一次看柯琳娜女士和萊昂先生鬥嘴，不免有些捨不得。
儘管待在克勞斯納領的日子沒有多長，但我已經跟這兩人變得很熟識了。
「聖，差不多了。」
「好的。」
當我沉浸在這樣的感慨中，就聽到團長催促我上馬車。
最後與柯琳娜女士及萊昂先生再道別一次，我便走向馬車。
坐上馬車不久，耳邊傳來出發的吆喝聲，馬車便慢慢地行駛起來。
我從窗戶往外頭一看，發現柯琳娜女士、萊昂先生以及其他傭兵們在揮手。
於是，我也不斷揮手直到看不見他們的身影為止，就此離開了克勞斯納領。

短篇故事集

◆情人節·研究所篇◆

奶油、砂糖、雞蛋、麵粉，再加進最重要的材料一起攪拌。

當然，並不是一股腦地全混在一塊。

按照牢牢記在腦中的食譜執行，嚴守製作步驟。

做糕點的時候，如果不遵守既定的分量和步驟，通常都會失敗。

來到這個世界後，我在料理中加入藥草，也就是所謂的香草，讓周圍的人都非常驚訝，而這次的糕點材料也是藥的一種。

這個材料叫做可可，在原本的世界曾被視為長生不老藥。

也是巧克力的原料之一。

王都本來就有在賣巧克力，我看到時真的很開心。

畢竟都有巧克力了，於是我便找一下，果然也發現了可可粉。
今天就要用可可粉來做布朗尼。

被召喚過來後，度過了幾個季節。
日本那邊應該進入二月了。
想起這件事，我就興起製作巧克力口味糕點的想法。
雖然念書的時候沒交過男友，但我每年都會做來送給朋友。

將攪拌好的蛋糕糊倒入模具再送進烤箱，接下來只要等待就行了。
等待期間，我悠閒地拿書來看。
沉浸在書中世界一陣子後，一股甜甜的香味竄過鼻間。
差不多烤好了吧？
想到這裡，我打開烤箱，便發現烤得很漂亮。
「妳今天做的是什麼啊？」
我從烤箱裡取出烤好的布朗尼放到桌上冷卻，這時裘德就出現了，大概是聞香而來的。
他偏起頭露出疑惑的表情，好像是第一次看到巧克力色的烘烤糕點。

「這是烤焦了嗎？」
「沒有，這種糕點本來就是這個顏色。」
「原來是這樣啊。」
如果不曉得的話，可能真的會覺得是烤焦也說不定？
不對，聞味道應該就知道沒有烤焦吧？
「外觀看起來很像烤失敗耶。」
「你要這樣說的話，我就不給你吃了哦。」
「開玩笑的啦，對不起嘛。」
我一說不要給他吃，他就連忙道歉。
裘德這個人很愛甜食。
只要我有做糕點，他一定會搶在其他研究員前面來試味道。
不過，一直以來都是跟我一起做糕點的廚師們最先吃到就是了。
布朗尼要放涼比較好吃，但因為眼前有個人眼巴巴地看著，我就把邊邊切下來，然後分成一口一口的大小。
聞起來香歸香，不曉得味道怎麼樣？
我把布朗尼碎塊放入口中，發現烤得很美味，和過去做的一模一樣。

「要吃吃看嗎？」
我今天是一個人做的，廚師們不在。
正好也想聽聽其他人的意見，我便詢問眼前的裘德要不要吃，他就一臉開心地點點頭。
我原本打算找小碟子裝蛋糕碎塊給他，但裘德大概是等不及了，直接張開了嘴巴。
咦？是怎樣？
要我餵他嗎？
真是拿他沒辦法。我苦笑著把蛋糕碎塊放進裘德口中。
他咀嚼了一陣，臉上泛起微笑。
「好吃嗎？」
他聽到我這麼問，便連連點頭。
能合他口味真是太好了。
就在這時候，所長出現了。
「哦～妳今天也在做東西啊？」
「雖然還沒有完成，不過所長也要吃吃看嗎？」
「好啊。」
畢竟所長也是試吃班底。

我將蛋糕碎塊放在小碟子上遞給他，這時他露出壞笑。

「妳怎麼不餵我吃呢？」

「唔，原來您都看到了嗎！」

我羞恥到滿臉通紅。

一問之下，才知道他來廚房的時候，我正好在餵裘德吃蛋糕。

他怕打擾到我們，就在外面觀察了一下情況。

就算是這樣，直接當沒這回事不就好了嗎！

想到這裡，我沒好氣地瞪著所長，他就笑著拍了拍我的頭。

◆情人節・第三騎士團篇◆

被召喚過來後，度過了幾個季節。

日本那邊現在應該是二月左右吧？

想起這件事，我就興起製作巧克力糕點的想法。

還在念書的時候，我每年都會做。

但送的對象不是男朋友，而是朋友就是了。

由於要在研究所下廚的緣故，我蒐集了這個世界的各種食材，但還是有些東西是至今未曾見過的。

比如說巧克力，在王都發現的時候，我真的非常開心。

既然都有巧克力了，我便尋找一下，果不其然也找到可可粉的蹤影。

於是，我這次用可可粉做了布朗尼。

研究所的同事們都已經嘗過我做的布朗尼，大家的評價相當不錯。愛吃甜食的裘德也跑來嘗味道，甚至還吃了兩次。

包括所長也是。

我想應該是上得了檯面的，今天便帶著布朗尼前往第三騎士團的隊舍。

不過，我知道團長不太喜歡甜食，所以心中還是有點不安。

「打擾了。」

抵達隊舍，我一邊打聲招呼一邊走進團長的辦公室，而團長則一如往常地從辦公桌的椅子起身迎接我。

接著，他示意我去坐迎賓沙發。

「我從約翰那邊聽說了，妳做了新的糕點吧？」

坐下後，團長立刻這麼說道，我不由得有點驚訝。

布朗尼是昨天做的。

消息傳得真快。

「昨天傍晚遇到約翰的時候，他就得意洋洋地告訴我了。」

大概是看我一臉訝異，團長就苦笑著這麼說道。
總覺得所長當下的模樣浮現在眼前。
所長這人真是的……
我也露出無言的笑容，這時響起了敲門聲。
團長回應後，只見侍女端著紅茶走進辦公室裡。
我在這裡喝過幾次茶，每次送紅茶的速度都很快。
一定是守在辦公室門口的騎士請侍女去泡的吧。
我從侍女手上接過紅茶，然後把自己帶來的布朗尼放在盤子上，再與茶杯一起擺上桌。
團長見狀露出欣喜的笑容。
「妳真的帶過來了呢。」
「是的，雖然我知道您不喜歡吃甜食……」
「我是不太喜歡，但聽約翰一說就很好奇。」
「原來是這樣呀？」
「嗯，如果妳今天沒帶過來的話，我明天就會去研究所。」
咦咦？有這麼好奇嗎？
得知他很期待吃到布朗尼，我有點驚訝。

我睜大眼睛後，團長就看著我，露出比布朗尼更甜蜜的微笑。

就說不要用那種表情看我嘛！

我會害羞啦！

為了讓快如擂鼓的心跳平復下來，我便移開視線，在沙發上坐了下來。

……雖然坐下來了，但換作平常的話，團長應該會立刻建議我喝紅茶，但他今天沒有。

我感到奇怪而看向團長，結果視線一交會，他就張開了嘴。

見狀，我不解地歪頭僵在原地，而團長則彷彿打著壞主意似的笑了。

「同事試味道的時候，妳是用餵的吧？」

「咦？」

經他這麼一說，我的確心中有底。

試味道之際，因為裘德張開了嘴巴，我就當作是餵雛鳥吃飼料而把布朗尼丟入他口中。

而且還被所長撞見了。

難道是所長講出去的嗎？

不過，裘德就算了，團長還是貴族，餵他吃東西好像不太合乎禮節吧？

「那個……這樣不會有失禮節嗎？」

「姑且不論公開場合，這裡只有我和妳而已，沒問題的。」

「這樣啊……」
看到團長用充滿期待的表情如此斷定，我只好放棄掙扎了。
下定決心後，我將布朗尼放進團長口中。

◆避暑・眼鏡菁英大人◆

好熱。

雖然季節即將邁入秋天，白天的氣溫依然殘留著夏日氣息。

在如此炎天之下，我怕中暑便戴上草帽，然後搭乘驢車前往宮廷魔導師團。

我是去送藥水的。

某天，師團長得知我做的藥水效力比一般高出五成，便以個人名義委託我製作。

「打擾了。」

我到宮廷魔導師團的師團長辦公室送藥水，敲了敲門後走進去。

因為裡面有人回應，我才開門進去，但師團長不在。

在裡面的是眼鏡菁英大人。

呃，可以把藥水交給眼鏡菁英大人嗎？

「我把德勒韋思大人委託的藥水送來了。」

「放在那邊吧。」

我站在門口先說明來意後，眼鏡菁英大人就輕輕點頭，指向藥水的放置處。

同行的男性雜務人員把裝著藥水的木箱放在指定的地方。

我將簽收單遞給眼鏡菁英大人，他便開始確認藥水量和訂購量是否吻合。

而我則環視辦公室一圈，這時一滴汗水滑過臉頰，一路流到下巴。

雖然窗戶開著，但沒有風吹進來，室內相當熱。

不過，畢竟沒有直接曝曬在陽光之下，還是比外頭涼快許多。

唉，好想念冷氣……

當我一邊這麼想著，一邊用手帕擦汗之際，不經意地與眼鏡菁英大人對上了視線。

我明明都汗流浹背了，眼鏡菁英大人卻一滴汗都沒流，他身上穿的還是看起來比我還熱的長袍。

為什麼他可以在這種大熱天之下如此泰然自若？

「您不會熱嗎？」

大概是熱到腦袋發昏，我想都沒想就直接說出內心的疑問。

才剛說出口，我立刻就後悔不該問這種問題；但他看起來並不介意，答道：

「不會。」

「這樣呀。」

「妳沒有使用附魔道具嗎？」

「附魔道具嗎？」

附魔？

眼鏡菁英大人之所以一副很涼快的模樣，該不會就是使用了附魔道具吧？

我偏過頭，他則取下身上的項鍊。

項鍊的吊墜是一顆灰藍色寶石，設計很簡單。

他不說一語將項鍊遞給我。

我接過來後，他就說：「戴戴看吧。」於是我就不客氣地戴上去了。

這是怎麼回事？

剛才的炎熱彷彿都是假的，微微的冷氣輕柔地飄蕩在身體周圍。

這東西超厲害的。

「好驚人哦，一戴上去就涼快起來了。」

「是嗎？」

戴上項鍊的瞬間，簡直像置身在冷氣很強的空間似的，酷熱指數急速下降。

看到我對道具的效果大感震驚的模樣，眼睛菁英大人就淡淡一笑。

「喜歡的話，就這樣戴著吧。」

「可以嗎？」

「無妨。」

聽眼鏡菁英大人說，他本來就具備冰屬性魔法的資質，即使不使用道具也可以用自身魔力來讓體感溫度下降。

之所以戴著項鍊，是因為附魔道具比較方便，不需要多費心就會自己發動。

要是我拿走的話，不就又會變得不便了？儘管我這麼想，但他這時候遞來簽好名字的簽收單，彷彿在說這個話題到此為止似的。

更何況，我收下看起來這麼昂貴的東西真的沒問題嗎？

我腦中也冒出這個疑問，但看到眼鏡菁英大人不再多談，回去處理他的文件，再加上敵不了冷氣的誘惑，於是我就這樣回到研究所了。

「嗯？妳那個項鍊是怎麼回事？」

回到研究所之後，眼尖的所長發現我身上的項鍊是出門前沒有的，便叫住了我。

「霍克副師團長送我的。」

「嗄？」

我將在宮廷魔導師團發生的事情告訴所長後，他的眼睛就瞪得更大了。

眼鏡菁英大人順手就把看似昂貴的附魔道具送給我，我的確也嚇到了，但沒有所長這麼誇張。

這其中有令他如此驚訝的要素嗎？

我實在不這麼覺得。

無論如何，拜眼鏡菁英大人的項鍊所賜，剩下的夏天應該可以涼快地度過了。

下次再送點什麼當作回禮吧。

想到這裡，我便回去工作，留下所長一人僵在原地。

◆ 避暑・師團長 ◆

「真想吃刨冰。」

「刨冰？」

我正在宮廷魔導師團的演習場做訓練。

由於實在太熱，我忍不住脫口說出這句話。

雖然是日本知名的食物，但斯蘭塔尼亞王國沒有。

大概是聽到我的自言自語，師團長便偏起頭。

「在我的故鄉是夏天常吃的食物。」

「長什麼樣子呢？」

「就是把冰塊削成小碎冰，然後淋上水果糖漿。」

「削冰塊……」

冰塊在這裡是奢侈品，所以不會使用冰塊做成甜點。

可能是出於這個緣故，即使我說削冰塊，師團長也想像不出來，結果就開始針對刨冰窮

追不捨地問到底。

不過，畢竟我也不可能記得刨冰機的構造，只能憑著微弱的印象來回答。

儘管如此，師團長似乎抓到了大概的樣貌。

他稍作思忖後，施展了冰屬性魔法。

下一刻，演習場就聳立起一根冰柱。

我看了看比我還高的冰柱，不解地轉向師團長，而他則接著施展風屬性魔法。

受到魔法的影響，冰柱轉眼間化為碎冰。

「是這樣子嗎？」

「對，可以這麼說……」

看著鎮座在演習場的碎冰山，我傻住了。

也許是拜冰山所賜，周邊飄蕩著一股冷氣。

我的說明那麼拙劣，師團長卻還能施展魔法重現刨冰，真是太佩服他了。

「再準備水果糖漿就可以完成了吧？」

「是的。」

「那麼，我們走吧。」

「什麼？」

聽到意想不到的提議，這次換我偏起頭。
是要走去哪裡？
他剛才說了水果糖漿，所以是要去研究所的餐廳嗎？
在不清楚目的地的情況下，一臉笑咪咪的師團長把我帶到王宮的廚房。
看到師團長突然現身，廚房的廚師們都不解地露出疑惑的表情。
我在這群人裡面發現固定會來研究所餐廳的廚師。
對方也發現到我，於是往我們這邊跑了過來。
「請問兩位有什麼事？」
「可以借用一塊地方嗎？我們想做個東西。」
「做東西嗎？」
「對。另外，你們有沒有水果糖漿？我們需要用到。」
廚師戰戰兢兢地過來詢問，而師團長則這麼回答。
也許是他經常在研究所和我一起下廚，儘管事出突然，他也立刻帶我們到廚房的一角。
「這裡可以嗎？」
「嗯，謝謝。」
廚師帶我們過來後，其他廚師就拿了幾種不同的水果糖漿給我們，甚至還有果醬。

除此之外，他們也應師團長和我的要求，把盤子等必備物品拿過來。
當一切準備就緒，師團長再次發動剛才的魔法。
比剛才更小的冰柱出現在準備好的大盤子上，然後被削成片片碎冰，造出一座刨冰山。
我將刨冰盛到另外準備的小盤子中，淋上糖漿後，再拿起湯匙舀一口送入嘴裡。
沒錯、沒錯，就是這個。
這樣的冰度和甜度真教人欲罷不能。
試完味道，我就為師團長盛了相同的刨冰遞給他。
師團長滿懷期待地凝視著刨冰，接著舀一口含在口中。
他的眼睛微微睜大，立刻揚起嘴角。
「哦……天氣熱的時候吃這個真的很棒呢。」
「對呀，一到夏天就會想吃呢。」
「我可以理解。」
我們接下來不再說話，專心吃起盤子裡的刨冰。
獲得師團長的同意後，一臉好奇看著的廚師們也各自盛了刨冰來吃。
然後四處傳來驚呼聲。
「呼～吃得好過癮。」

許久沒嘗到的刨冰滋味，讓我不禁吁了口氣。
料想炎熱的天氣還會持續一陣子，我甚至想再吃一次。
可是，要準備這麼多冰相當困難。
這次是因為師團長也感興趣，才會用魔法幫我做刨冰。
「謝謝您幫我做冰塊。」
「不用謝，畢竟我也認識了新的甜點。」
「我真的很開心，好久沒吃到刨冰了。」
「下次想再吃的話，儘管告訴我沒關係哦。」
「真的嗎？」
聽到師團長主動提議，我忍不住起勁地這麼回道。
見狀，師團長將手放在嘴上，轉向旁邊。
咦？他該不會是在笑吧？
他的肩膀微微抖動著。
總覺得跟平常的立場顛倒過來了。
但這有什麼辦法？
我真的很想吃刨冰嘛。

◆避暑？團長◆

有空的話，要不要去王都玩呢？

某天，團長對我提出這個邀請。

聽說是有個小小的慶典。

雖然我去過王都，但已經隔好一段時間了，久違地再去一次看看也不錯，於是我答應了團長的邀請。

慶典是從傍晚開始，等做完研究所的工作再去也不遲。

那天好像也有幾名研究員要去王都。

謹記前次教訓，我決定和研究員們一起前往王都，到時候再跟團長會合。

在狹窄的馬車中緊貼著彼此的旅途太令人緊張了，我敬謝不敏。

於是幾天後，終於來到慶典當天。

我和幾名研究員一起搭乘馬車前往王都。
由於天色馬上就要轉暗，研究員們便陪我一起在會合地點等團長。
儘管我覺得自己一人也沒問題，但等事情發生就後悔莫及了，因此我老實地接受了他們的提議。
不過，大家一起等待的時間並沒有多長。
抵達會合地點後，團長隨即就現身了。
「等很久了嗎？」
「沒有，我們才剛到而已。」
會合地點離慶典中心區稍有距離。
慶典會吸引相當多人潮，所以約在外面會合比較容易找到彼此。
出現在會合地點的團長穿著與上次出門時相同的服裝，當他往這裡走來，我立刻就發現到他了。
打完招呼，我們便前往慶典中心區。
研究員們則在把我交給團長後，隨即消失在人群之中。
才剛走幾步，團長就不經意地牽住我的手。

看來還是逃不了要牽著手走路的命運。
不止如此，這次的牽法竟然是傳說中的十指交扣啊！！！
我驚訝地抬頭看團長，而他察覺到視線後，臉上就泛起溫柔的微笑。
「怎麼了嗎？」
「沒什麼……」
雖然我有點希望他放開手，但一看到他的表情，我就什麼也說不出口了。
嗚嗚……
集中精神看周遭的景色，忘掉牽手的事情吧。
就這麼辦。
想到這裡，我決定好好享受這個比上次來時還要熱鬧的城市。

前往中心區的道路兩旁是成排的攤販。
之前去的市集大多是販賣蔬菜水果等生鮮食品的店家，而現在行走的這條路上的店家則是以供應餐點為主。
許多人把店前的木箱當作椅子，坐在那裡吃著從攤販買來的食物。
有些面紅耳赤的人拿著杯子在喝東西，那個絕對是酒。

如此一來，除了餐點之外，還有在賣酒吧？

「有什麼想找的東西嗎？」

「我在想，這裡是不是有賣酒的店家。」

「妳對酒有興趣？」

「有一點……」

被召喚到這裡之後，我就沒喝過酒，但並非不能喝酒。

畢竟在日本的時候，我也會和朋友一起去喝一杯。

單純是沒機會喝而已。

難得來到慶典，我還滿想喝一點看看的。

大概是因為我說有興趣，團長就帶我來到有賣酒的店家。

賣的應該是類似麥芽酒的酒。

然而，我拿起遞來的杯子放到嘴邊，就聞到一股出乎意料的香味。

「這是？」

「是蜂蜜酒。」

一問之下，我才知道遞來的是蜂蜜酒。

原來如此。
我再次拿起杯子放到嘴邊要喝，一股輕柔的酒香便撲鼻而來。
而且可能是抑制了發酵的緣故，酒中還留有甜味。
非常好喝，毫無挑剔之處。
和四周的人一樣，坐在店前的木箱喝了兩、三口後，不知不覺餐點也送來了。
就算再怎麼抑制發酵，還是有酒精成分。
在喝蜂蜜酒的時候，我感覺自己興致愈來愈高昂。
我抱著輕飄飄的心情吃美食、喝蜂蜜酒，並和旁邊的團長聊聊慶典和其他瑣碎小事。
快樂的時光轉瞬即逝，團長說差不多是回王宮的時間了，我們便踏上歸途。
我的心情莫名亢奮，一邊甩著和團長牽住的手，一邊隨時都要蹦跳起來似的前往馬車搭乘處。
團長看到我這副模樣，也開心地笑了起來。
我途中好像差點在石板路上跌倒，還緊緊抱住團長的手臂。
不用說，我隔天早上回想起一連串的事蹟後，當然抱著頭後悔不已。

◆魅惑的蕈菇◆

說到秋天，就會聯想到運動之秋和讀書之秋等，但我認為以食慾之秋為最。
另外還有收穫之秋這個說法，這個季節可以採到許多美味的食物。
不止日本如此，這一點也適用於斯蘭塔尼亞王國。
聽袞德說，這個季節也是裸麥的收穫期，同時也能在森林裡採集到各種果實和蕈菇。

得知這件事，我當然會想去一趟。
問我要去哪裡？
當然是森林啊。

心動不如馬上行動，我火速取得所長的批准，往東邊森林出發。
成員有我、袞德和兩名研究員，再加上擔任護衛的兩名第三騎士團的騎士，總計六人。
抵達東邊森林後，我們所有人一塊行動。

周圍的警戒就交給騎士們，我們只管尋找藥草。
尋找藥草之際，我也發現了這次的真正目標——果實和蕈菇。
不愧是收穫之秋，數量比之前來的時候還要多。

於是，在我連同藥草一併採集果實和蕈菇時，發現了那個東西。
當時我打算採旁邊的藥草，蹲下來才發現倒樹的下方有個蕈菇靜靜地佇立著。
外觀是淡米色的矮胖狀，很難判斷能不能食用。
這時候還是確認一下比較好。
我把附近的裘德叫過來，然後指了指蕈菇。
裘德看到蕈菇，一瞬間露出疑惑的表情，接著便睜大雙眼，猛地回頭看我。
由於他實在氣勢驚人，我的上半身不禁往後一仰。
「怎、怎麼了？」
「這、這是……」
裘德用顫抖的指尖指著蕈菇，說不出話來。
大概是對裘德的這副模樣感到奇怪，附近的研究員也聚集過來。
他順著裘德指的方向看過去，同樣露出疑惑的表情，然後「噢！」地叫了一聲。

究竟是怎麼回事？

「這個蕈菇很特別嗎？」

我一問之下，裘德便猛力點點頭。

接著，他帶著滔天的氣勢開始說明。

這個蕈菇的名稱是魅影蘑菇。

是食用蕈菇的一種，味道非常好，最重要的是香氣極為馥郁。

雖然直接聞是聞不到的，但稍微削掉一點就會散發出香氣。

那股香氣相當誘人，甚至有一說指出可能具有催情效果。

不過這種蕈菇非常罕見，還被稱為夢幻蕈菇。

至於有多罕見，別說一生一次，大概要輪迴十輩子才有幸見上一次。

也許是稀有到這個地步的緣故，價格似乎非常驚人。

「把這個帶回去的話，所長會不會打算賣掉啊？」

「不曉得耶，但既然是妳找到的東西，我想他會交給妳決定吧。」

裘德不太有把握，大概是這東西太高級，他猜不到所長的反應。

難得才能找到這種夢幻蕈菇。

如果要拿去賣，我還不如自己留著吃吃看。
所長應該也會選擇吃掉吧？
儘管他是管理職，但真要說起來的話，他也是個擁有研究者性情的人。
面對被譽為夢幻蕈菇的食材，比起賣掉，他應該更想嘗嘗看吧。
我如此相信著，然後採走了魅影蘑菇。

回到研究所後，我告訴所長這件事，他果然大吃一驚。
而他的下一句是「好，那就來吃吃看吧」，害我忍不住笑了。
看來所長沒辜負我的期待。
我立刻前往餐廳，把魅影蘑菇拿給廚師們看，便接二連三出現反應跟裘德相同的人。
原來真的有這麼稀奇啊？
我說等一下要來烹飪魅影蘑菇後，大家就掀起了歡呼聲。

我對這種蕈菇不熟，因此決定和廚師們討論要做成什麼樣的料理。
畢竟這是主打香味的食材，最後我決定削一削撒在完成的料理上。
魅影蘑菇的事前處理交給廚師們，我負責調理其他食材。

我要做的是白醬燉雞。

把洋蔥和一般蘑菇切片下鍋炒，然後和煎上色的雞肉一起用白酒燉煮。

如果有鮮奶油就好了，可惜沒有，於是我加入麵粉、牛奶和奶油繼續燉煮。

不忘要酌量以胡椒鹽調味。

料理煮好後，我將處理好的魅影蘑菇削一削撒上去，這樣就大功告成了。

嗯。

這氣味真驚人。

為了撒在料理上面而削掉魅影蘑菇的瞬間，整個廚房充滿了難言其妙的氣味。

該怎麼說好呢？好像甜甜的，但又好像不是。

儘管很難形容，但應該可以說是撩動感官的氣味。

總之就是香到不行。

想說試一下味道，便捏起一小粒碎塊放進口中，結果連這麼小塊都能讓嘴巴充滿香氣。

「真是不得了啊……」

雖然是很平凡的感想，但我除此之外說不出別的了。

不用說，聽到我宛如精神恍惚的低喃聲，廚師們當然也都點頭如搗蒜。

這道料理畢竟是跟廚師們討論過後決定的，因此魅影蘑菇與白醬也非常對味。

後來，除了廚師們和去採集的人員外，所長也來了，而且所長還邀了團長過來，大家一起享用餐點。

當然，沒去採集的研究員們也紛紛湧至餐廳。

魅影蘑菇即使量少也能散發馥郁香氣，所以撒一點點就夠了。

經過一番奮鬥，總算準備好足夠的餐點。

這實在是令我鬆了口氣。

畢竟有天因為餐點不夠而採取抽籤制，還差點爆發見血的糾紛。

看到大家吃完的滿足表情，我便澈底明白這種蕈菇真的具有魅惑人心的能力。

我也是被魅惑的其中一人。

真的很美味。

可以的話，我還想再嘗嘗看，但應該很難吧？

只有這種時候會希望可以用「聖女」的能力來解決，似乎有點勢利。

不過，魅影蘑菇的香味就是迷人到足以讓我產生這樣的念頭。

◆讓女性為之瘋狂的事物◆

藥用植物研究所的隔壁是藥草園。

其中一區有研究員獨力管理的田地。

在某個天氣很好的一天。

當我在照顧由我自己管理的田地之際，一道人影從背後出現。

那個人影撐著傘，看起來應該不是研究員。

究竟是誰呢？

我回頭一看，發現是認識的人。

「莉姿！」

「妳好，聖。」

看到撐著陽傘露出微笑的莉姿，我掩藏不住自己的訝異。

畢竟過去都只有在圖書室才會遇到她。

說起來，我好像很久之前曾邀她來藥草園的樣子。

記得是初次見面的時候。

「歡迎，妳真的來了呢。」

「妳之前曾邀我來這裡看看吧？我就承蒙好意過來了。」

「這樣啊？在這裡站著講話也不太好，我們去研究所吧。」

我和莉姿一起前往研究所。

雖說在藥草園隔壁，但從這裡走過去有一小段距離。

不過，邊閒聊邊走應該很快就到了。

「啊，妳有什麼想看的藥草嗎？我可以帶妳去看。」

「我對藥草是有興趣，但我對於聖的美容用品有幾個問題想先請教。」

「美容用品？」

「對，就是之前我請妳做的美容用品真的很有效，只是……」

聽到莉姿這麼說，我的臉頰抽動了一下。

其實王都商會所販賣的美容用品，使用的是我的配方。

很久之前，我把自製美容用品分給莉姿後，由於效果超群，廣受學園的千金小姐好評。

於是，愈來愈多人向莉姿要美容用品，最後我決定將配方提供給王都的某個商會，由商會來製作販售。

畢竟我沒辦法做完所有委託的數量。
自從那個商會開始販售美容用品之後，莉姿也會去那裡購買。
然而，使用在商會買的美容用品卻沒有出現和以往相同的效果。
照理說是同一種配方，怎麼會差這麼多呢？
她對此很在意，所以今天才會來到研究所。
我非常清楚原因在哪裡。
原因在於增強五成的魔咒。
我製作藥水和下廚的時候，相較於別人的成品，我所做的東西不知為何就是會多出半倍的效果。
我把這個謎樣效果稱為增強五成的魔咒。
而這個魔咒在製作美容用品時也發揮了作用。
莉姿所說的差異，毫無疑問與增強五成的魔咒有關吧。
但是，我可以老實告訴莉姿原因嗎？
還是先找所長商量一下比較保險。
雖然對莉姿很不好意思，但我只能避談原因了。
就算要告訴她也得等到日後。

抵達研究所後，我將莉姿帶到接待室。

由於含有機密情報，我不能帶她去研究室那邊。

「我現在去泡茶，妳會討厭藥草茶嗎？」

「不會，我很喜歡，謝謝妳。」

「太好了，等我一下哦。」

所謂的藥草茶就是草本茶。

莉姿可能比較習慣喝紅茶，但我沒有這麼昂貴的東西。

雖然研究所有招待客人用的紅茶就是了。

人們對草本茶的喜好很兩極，因此我確認了一下，看來沒問題。

我請莉姿在接待室等候，自己則去廚房泡茶。

廚房永遠都備有熱水讓大家可以隨時泡茶。

因此準備完成後，很快就能泡好。

先用熱水來溫熱茶壺，接著把熱水倒掉，再將熱水和香草加入茶壺之後，走去接待室的路上應該就會泡好。

我將裝著草本茶的茶壺、杯子以及佐茶餅乾放在托盤上，回到接待室後，就發現莉姿正呆呆地望著窗外等我。

「久等了。」

察覺到我走進室內，莉姿便微微一笑。

莉姿果然很可愛。

在她的笑容令我感到溫暖的同時，我將茶杯放在她面前，然後倒入茶。

「咦？雖然有各種不同的藥草香味，但很好聞呢。」

「謝謝誇獎，我稍微混合了一下。」

這個國家雖然有草本茶，但都是當藥喝，沒有用作一種享受的習慣。

大概是因為這樣，即使要把多種香草混合起來飲用也是著重在藥效，而將味道和香味擺在次要。

簡單來說就是不好喝。

由於組合很困難，像今天這樣要取代紅茶的情況下，通常都只會使用一種藥草。

而我本身最近開始在研究混合草本茶。

今天是混合了洋甘菊、玫瑰和玫瑰果來泡茶。

配方是重現我在日本看到的茶款。

這個組合對肌膚粗糙很有效果。

我將這一點告訴莉姿後，她的眼神立刻就變了。

「因為本來就是藥草，所以我知道具有類似藥物的效果，但沒想到竟然也有對美容有效的藥草……」

「不止是茶，食物之中沒有對美容有效的嗎？」

「我沒聽說過這類的事情。」

原來是這樣。

說起來，我向所長談及藥膳料理時，他也聽得很專注。

他說這個國家沒有那樣的思維。

是因為有藥水，所以這方面的思維才比較不發達嗎？

「難道沒有對美容有效的藥水嗎？」

「對美容有效的藥水？」

莉姿睜大了雙眼。

畢竟是青春年華的女孩子，對美容相關話題所展現的熱忱果然不一樣。

「妳知道有那種藥水嗎？」

「我知道的不是藥水，而是類似的東西。」

「做得出來嗎？」

「唔……」

我想到的是甘露（註：Cordial，將香草或水果直接浸泡在糖漿裡的濃縮飲料）。

雖然市面上買得到，但原本是每個家庭都會做的東西。

作法也很簡單，我記得在鍋子裡加入水、香草和砂糖熬煮就可以了。

只要有材料的話，在這裡也做得出來。

我將這件事告訴莉姿後，她就說：「我想喝喝看。」

現在立刻著手準備有點困難，我們便約好過幾天去圖書室給她。

於是，在做出甘露並交給莉姿的三天後。

我在圖書室遇到莉姿的時候，她顯得非常激動。

「聖！妳上次給我的東西好厲害喲！」

她連這裡是圖書室都忘了，一看到我就這麼喊道。

看她滿面喜色的模樣，似乎相當興奮。

幸好圖書室只有我們兩人而已，要是有其他人在的話，應該會惹來不快吧。

平常總是謹言慎行的莉姿連這件事都拋在腦後大叫出聲，看來甘露的效果極為顯著。

我自己就親眼見識過效果，所以可以理解她的激動。

我所做的甘露已經堪稱是藥水，一喝下去就會出現顯著的效果。
也許是因為我一直都在用自己做的美容用品，沒有實際感受到多大的效果，但給女性研究員試過後，造成的變化極為驚人。
研究員由於這陣子埋頭於研究，膚況非常粗糙，但在喝完甘露的瞬間，肌膚就復原了。
真的是既光滑又有彈性。
氣色差的臉孔也一口氣變好，臉頰和嘴唇都增添了玫瑰色。
這劇烈的變化讓在場的其他研究員都停下手邊的研究，呆愣在原地。
這個效果八成也和增強五成的魔咒有關。
不過，我還不確定受到影響的是製藥技能還是烹飪技能。
所以也不能斷定這是藥水。
如果不是藥劑的話，那可以當成一種能量飲料嗎？
之後，我拗不過莉姿的一再要求，於是讓這個甘露也變成商品了。
美容果然會讓女性為之瘋狂啊。
我還是第一次看到莉姿那麼激動的模樣。
說起來，我因為甘露而完全忘了美容用品的事情，感覺以後又會發生一樣的問題。
在下次遇到莉姿之前，先找所長討論要怎麼解釋好了。

◆ 報告 ◆

敲了敲門，聽到示意入內的聲音後，我便打開門。

我推著小型餐車進去，上面裝有草本茶的茶壺和茶杯等東西，而面對著辦公桌的所長見狀便露出苦笑。

「準備得還真周到啊。」

「因為可能會講很久。」

「妳有那麼多事情要說嗎……」

看到所長無力地垂下頭，我也只能回以苦笑。

雖說他先前曾從團長那邊聽說過一點，但似乎沒有想到會是需要泡茶長談的程度。

他應該是覺得，如果我講得愈久，他之後必須處理的種種事情就會愈多吧。

而他的想法恐怕是正確的。

對不起。

我今天來到所長室，是為了報告在克勞斯納領發生的事情。

克勞斯納領的黑色沼澤順利淨化掉了。

關於黑色沼澤的部分，團長已經告訴過他了。

當時，他得知除了黑色沼澤之外還有其他該回報的事情，便叫我過去詳述情況。

我將茶壺裡的草本茶倒進茶杯，然後擺在迎賓沙發的桌子上，這時所長也從辦公桌走過來了。

看到廚房的廚師準備的磅蛋糕後，他的眼角微彎。

儘管分量不多，但正好適合當作午餐前的點心。

「所以呢？妳有多少要報告的事情？」

「這個嘛……」

準備完成後，我在所長對面坐下，他則立刻開口說道。

我自己心中也有底。

雖說已經處理妥當，但我不僅下廚招待領主料理，在製作藥水方面也確實感覺到自己闖了禍。

另外就是在蒸餾室學到的藥水配方，以及需要祝福才能栽培的藥草等，這些事情也必須告訴所長。

我回想該報告的事情並屈指計算之際，所長的臉色就愈來愈僵。

「喂……」
「好消息和壞消息您想先聽哪一種？果然還是從壞消息開始講比較好吧？」
「還有壞消息啊？」
「霍克大人什麼都沒告訴您嗎？」
「我是聽說妳有事情該跟我報告啦……」
我問所長要先聽哪一種，他就頹喪地垂下頭。
原以為他大致知道我要講什麼，結果似乎並不是。
於是，我抱著愧疚的心情從壞消息開始報告。
「那個……所長？」
「這就是全部了嗎？」
「是的，壞消息就這些……」
我把自認做錯的事情全部都告訴所長了。
看到所長聽完一副筋疲力盡的模樣，我的罪惡感便一點一滴地湧上來。
想到他之後必須幫我收拾善後，我就覺得更對不起他了。
我一邊喝光茶杯裡剩下的草本茶，一邊看著所長抱著低垂的頭，結果就聽到斷斷續續的說話聲。

由於聲音很小，我聽不出他在說什麼。

「所長？」

「妳做了新的料理嗎？」

「是……」

「在這裡也能做嗎？」

「對，只要有材料就可以做。」

我回答他的問題後，他就抬起臉，用哀怨的眼神看我。

啊，這是叫我做的意思吧？我懂的。

必要的材料並沒有多罕見，應該立刻就能做吧。

之後去告訴廚師，請他幫我準備吧。

我點點頭表示明白，所長的表情就轉為苦笑，然後抬起身子。

「那麼，接下來可以聽到好消息了吧？」

「呃，大概吧？」

我回以僵硬的笑容，所長的嘴角就抽搐一下。

應該沒問題吧，我猜。

畢竟剩下的都是關於藥草的事。

接著，我說出自己在克勞斯納領學到的知識，以及必須有祝福才能栽培的藥草，所長臉上便逐漸煥發光采。

所長本來就隸屬研究所。

對藥草和藥水終歸還是很有興趣。

「真不愧是被稱為藥師聖地的地方啊。」

「是呀，真的學到很多東西。」

「那個需要特殊栽培的藥草也很有意思。」

「對，會發現栽培方法是出於偶然……」

「雖然克勞斯納領的藥師知情是個問題，但應該有要求他們保密吧？」

「有的。」

「那就好。王宮這邊應該也要寫封信給克勞斯納領的領主閣下，重申不得外傳一事。」

「非常抱歉。」

「算了，沒關係。」

我向所長低頭道歉後，就聽到他嘆了口氣。

由於我不能說出真正的實情，因此又在內心對他道歉一次。

關於需要祝福的藥草，現在是當作我偶然在克勞斯納領發現了栽培方法。

我去請求柯琳娜女士讓我在研究所栽培那些藥草之際，她就開出了這個條件。

對領主和柯琳娜女士而言，這件事本來就不能公諸於世，所以誰來當發現者都沒關係。

比起這個，他們更感激原本不能栽培的藥草又能繼續栽培了。

縱使我對真正發現栽培方法的人感到萬分抱歉，但一想到可以在研究所培育新的藥草，我就忍不住了。

「藥師大人」，真的很對不起。

「儘管多了不少必須做的事情，但樂趣也增加了呢。」

「是呀，雖然很不好意思，不過能不能請您也幫忙栽培藥草呢？」

「當然可以。」

我開口請所長幫忙後，他就爽快地答應了。

看來所長果然喜歡培育藥草。

報告完所有事情後，我又在所長室多留一會兒，和所長熱絡地討論今後的計畫。

後記

大家好，我是橘由華。

這次非常感謝大家購買《聖女魔力無所不能》第四集。

託各位的福，《聖女魔力無所不能》順利出到第四集了，連我也對自己能走到這一步感到很驚訝，這都要多虧總是支持著我的各位，真的非常感謝。由於第三集同樣結束在吊人胃口的地方，我一直想盡快為大家獻上第四集，幸好總算是在一年之內出了第四集，我也著實鬆了一口氣。

雖然每次都要這麼說，不過角川ＢＯＯＫＳ的Ｗ責編這次也為了調整行程表而四處奔波，真的很感謝。除了Ｗ責編之外，我也給相關人員添了許多麻煩，實在非常抱歉。謝謝大家一直以來的包涵。其實我也覺得自己差不多該精準地按照一開始的行程表交稿了……

那麼，不知各位覺得第四集如何呢？從這裡開始會透露一些劇情，還沒閱讀正文的人，建議閱讀完畢後再往下看。

寫第四集的後記時，我重看了一次第三集的後記，我當時曾經寫到要增進聖和團長的感情呢。回頭看這次的第四集，老實說，我也不太確定這樣算不算有進展。雖然有句話說計畫總趕不上變化，但為什麼會變成這樣呢？我在寫文的時候會考慮到聖的戀愛等級很低，結果就遲遲難以有所進展呢，因為聖滿腦子幾乎只想著藥草和工作的事情。《聖女～》姑且算是戀愛小說，我也希望聖可以再爭氣一點。咦？這是推卸責任……對不起啦，團長。

師團長則與團長相反，這次可以說是非常活躍。由於「聖女」法術在第四集登場的機會很多，熱愛魔法的師團長理所當然會常常出場，但我也覺得有點太搶戲了。該說師團長很好寫嗎？他是會擅自行動起來的角色，不多加注意的話，出場機會就會不小心變多，而這件事我到現在才發現。雖然也有其他會擅自行動起來的角色，但團長不是其中之一，這或許就是聖和團長的感情沒有進展的原因吧（置身事外）。

話說回來，出於諸般原由（主要是我的因素），橫跨兩集的克勞斯納領篇，終於在書籍資訊上也出現了「肌肉」這個詞彙。這部分的資訊是由責編製作的，我收到確認信時忍不住噗哧一笑。W責編，做得很好，太謝謝您了。第三集和第四集在我心目中是充滿肌肉的兩集，是不是應該多描寫一點比較好？雖然太過彰顯個人興趣的話，我擔心會引起讀者反感，不過我今後也打算時不時讓肌肉出來秀一下。

在第五集中，我想要稍微增加一點戀愛成分，另外就是慢活！差不多該回去慢活了！因為我發現讓聖一直從事「聖女」的工作後，她與團長的關係就完全停滯了！對聖來說，戀愛是擺在工作之後的，果然是工作狂呢，雖然她本人否定就是了，而且身為執筆的作者好像沒資格這麼說。

第四集依然是由珠梨やすゆき老師負責插畫。這次也很感謝您繪製了非常棒的插畫。我個人覺得第四集有好多的聖，真的非常開心。聖好可愛唷，聖……而封面也是與愛良一起，我還高興地想著：全是女孩子！另外還有師團長！我很喜歡緊盯著聖的師團長，笑得非常迷人呢（笑）。如果要從第四集的插畫挑一張的話，我一定會選這張。我今後想看到更多珠梨老師繪製的聖等人，因此我也會繼續加油的。

非常值得感激的是，漫畫版那邊也持續更新中，情況似乎非常順利。我誠摯地感謝以藤小豆老師為首的相關工作人員，一直以來謝謝各位。明明我自己就是原作者，在檢查的時候卻常常看到入迷，忘記自己的工作是檢查。最近都是第一次先享受，第二次再仔細檢查，已經變成理所當然的事了。Q版角色們也非常可愛，閱讀的時候自然而然就笑了起來。

如此精彩的漫畫目前正在網路漫畫刊登網站ComicWalker、Pixiv Comic和NicoNico靜畫等地方連載中。部分內容可供免費觀賞，所以有興趣的人希望都可以去看看。目前正好連載到和團長甜蜜蜜的地方，不足的戀愛成分還請大家務必去漫畫版那邊補充。

最後，感謝各位一路閱讀到這裡。我會努力盡快生出第五集獻給大家的，希望近期內還能與各位再會。

國家圖書館出版品預行編目資料

聖女魔力無所不能 / 橘由華作 ; Linca 譯 . -- 初版 . --
臺北市 : 臺灣角川 , 2020.02-
冊 ; 公分
譯自 : 聖女の魔力は万能です
ISBN 978-957-743-544-6(第 4 冊 : 平裝)

861.57 108021199

Kadokawa
Fantastic
Novels

聖女魔力無所不能 4

（原著名：聖女の魔力は万能です4）

2020年2月27日　初版第1刷發行
2021年6月24日　初版第2刷發行

作　者：橘由華
插　畫：珠梨やすゆき
譯　者：Linca

發 行 人：岩崎剛人
總 編 輯：蔡佩芬
編　輯：彭曉凡
美術設計：李思穎
印　務：李明修（主任）、張加恩（主任）、張凱棋

發 行 所：台灣角川股份有限公司
地　址：105台北市光復北路11巷44號5樓
電　話：（02）2747-2433
傳　真：（02）2747-2558
網　址：http://www.kadokawa.com.tw
劃撥帳戶：台灣角川股份有限公司
劃撥帳號：19487412
法律顧問：有澤法律事務所
製　版：尚騰印刷事業有限公司
ISBN：978-957-743-544-6

※版權所有，未經許可，不許轉載。
※本書如有破損、裝訂錯誤，請持購買憑證回原購買處或連同憑證寄回出版社更換。

SEIJO NO MARYOKU HA BANNOU DESU Vol.4
©Yuka Tachibana, Yasuyuki Syuri 2019
First published in Japan in 2019 by KADOKAWA CORPORATION, Tokyo.
Complex Chinese translation rights arranged with KADOKAWA CORPORATION, Tokyo.